COISAS INATINGÍVEIS

DANILO LEONARDI

COISAS INATINGÍVEIS

OUTRO Planeta

Preparação: Laura Folgueira
Revisão: Verba Editorial e Laura Vecchioli
Capa e diagramação: Marina Avila
Imagens de capa: Shutterstock e Freepik

CIP-BRASIL. CATALOGAÇÃO NA PUBLICAÇÃO
SINDICATO NACIONAL DOS EDITORES DE LIVROS, RJ

L595c
Leonardi, Danilo

Coisas inatingíveis / Danilo Leonardi. - 1. ed. - São Paulo : Planeta, 2017.
224 p.

ISBN 978-85-422-1073-6

1. Ficção brasileira. I. Título.

17-42682 CDD: 869.3
CDU: 821.134.3(81)-3

2017
Todos os direitos desta edição reservados à
EDITORA PLANETA DO BRASIL LTDA.
Rua Padre João Manuel, 100 – 21º andar
Ed. Horsa II – Cerqueira César
01411-000 – São Paulo-SP
www.planetadelivros.com.br
atendimento@editoraplaneta.com.br

Para Cesar Sinicio e Daniel Affonso,
por me ensinarem a amizade
&
para Angelo Armiliato,
por me ensinar o amor.

Alguns usam drogas, outros saem para correr,
mas no fim estamos todos procurando por
aquele pequenino espaço, talvez um buraco,
que nos dê abrigo da terrível realidade do mundo.
(Autor desconhecido)

PARTE 1

Cris

Agora

— Você me promete?

Ela sempre está atrás de mim. Estou debruçada à janela do hospital, mas a voz causa um formigamento na minha nuca. E eu me lembro dessa conversa, porque ela nunca chegou ao fim.

— Prometo o quê? — pergunto, mas já sei a resposta.

Então a vejo fazendo uma coisa inédita. Ela se levanta, careca, magra, vestindo nada além de uma camisola hospitalar. Perfeita.

— Que vai parar de viver no passado. — Ela caminha até mim e começa a trançar meu cabelo, como quando eu era criança. Quase posso sentir seu perfume, embora ela não o usasse no hospital. — A felicidade só vai te encontrar se você parar de se esconder.

— Tenho medo do futuro — sussurro. Ela se afasta por um instante e fica ao meu lado, com as mãos sobre o vidro.

Ao abrir a janela, vejo a paisagem mudar. Cada momento da minha vida está passando ali, como um filme de cores intensas. Coisas que já vivi e coisas que ainda vou viver. Meus olhos se enchem de lágrimas e eu os fecho imediatamente. Sinto calor e frio, fome e saciedade, um prazer inacreditável e uma dor terrível.

— Se você mantiver os olhos abertos, não precisará temer nada — diz ela, com a voz bem próxima ao meu ouvido.

Tento abrir os olhos, mas não consigo. É como se estivessem colados. A decepção da minha mãe cai sobre mim como um véu, me diminuindo.

— Sinto muito, criança, mas uma hora você precisa encarar o presente. — Ela aproxima a boca do meu ouvido mais uma vez e sussurra: — E a sua hora é agora.

Ela me empurra e atravesso a janela, como se eu fosse feita de algodão. Não consigo gritar, porque todo o ar se esvai dos meus pulmões. Meu corpo segue caindo cada vez mais rápido, cada vez mais pesado.

Se eu não parar, vou ao encontro da morte. Tenho certeza disso. E, aí, terei de começar tudo de novo.

Abro os olhos.

Estou sobre a minha cama com o coração acelerado. Meu despertador ainda não está tocando, mas ouço o ranger da maçaneta. A luz da manhã invade com força, agredindo meu sono e desfazendo o abraço confortável da escuridão.

— Bom dia, princesa. Hora de levantar!

Respiro fundo. Talvez eu possa só ignorar meu pai e esperar meu despertador tocar.

— E nada de virar para o outro lado e dormir de novo, senão não vai dar tempo de tomar café — ele avisa antes de sair do quarto, deixando a porta aberta.

Meus sentidos me voltam aos poucos. Meus olhos doem, meu nariz coça. Droga. Meu pai não pode saber que eu fumo.

Levanto, vou até o banheiro e aperto a descarga da privada para me livrar dos últimos vestígios de cinzas. Então, verifico meu maço, bem escondido na mochila jogada no canto do quarto.

Ao lado dela, papéis da confirmação de matrícula na faculdade amassados.

Olho para a cama e dou um longo suspiro.

— Pai, não dizem que todo mundo falta no primeiro dia de aula? — grito do alto da escada que desce para a sala.

— Não na família Becker! — ele grita de volta.

Se minha mãe estivesse aqui

Esta casa é branca demais. Falta cor.

Minha mãe com certeza teria aproveitado a última reforma e pintado algumas paredes com cores fortes e chamativas. Bem, se minha mãe estivesse aqui, muita coisa seria diferente.

Caminho entre paredes brancas, descendo degraus brancos, com meu pijama branco estampado de unicórnios. É o tipo de coisa de que você deveria se livrar quando sai da escola, mas ele é tão confortável... Talvez nem tudo precise ser tão preto no branco.

A sala de jantar tem uma mesa grande e retangular, de madeira, repleta de frutas partidas, pães, café e suco.

— Sonhei com minha mãe de novo — digo ao me aproximar.

Ele faz silêncio, porque aprendeu por experiência que este é um assunto complexo e delicado.

— Ela tinha alguma mensagem?

— Foi só um sonho idiota e sem sentido, igual a todos os outros sonhos idiotas e sem sentido.

Ouço meu pai suspirar.

— Se alimente bem, princesa. Hoje vai ser um dia cheio.

Ele tem essa voz grave e confiável. Senta-se sempre na ponta da mesa. Ao me ouvir puxar a cadeira, chega a abaixar o jornal diário para poder me ver sentar, mas tudo em que eu consigo pensar é na manteiga grudada em seu bigode espesso e grisalho.

— Pai, ali no cantinho. Não, no outro. Isso.

— Obrigado — ele diz, com o guardanapo à frente do rosto.

— Estava pensando em pintar uma parede do meu quarto de preto.

Nenhuma resposta além do barulho de mastigação.

— Sabe aquele preto fosco que você pode escrever com giz por cima? Acho que ia ser bem legal.

— Vamos ver, princesa. Vamos ver.

O essencial

Estou atrasada.

Não sei como vai ser a recepção na faculdade, então prefiro me maquiar em casa em vez de usar o banheiro de lá. Passo o rímel, a sombra acinzentada, depois a sombra preta nos cantos. Antes de finalizar com o delineador, uso o lápis azul-escuro na pálpebra inferior, destacando meus olhos também azuis.

Uma última lembrança de minha mãe.

"Sinto muito, criança..."

Meu pai oferece carona, mas prefiro não aceitar. Desde que minha mãe morreu, dois anos atrás, tenho tentado ser mais independente. As pessoas não vão estar do nosso lado para sempre, então, prefiro estar preparada.

Meu pai faz o melhor que pode, mas existem coisas sobre as quais eu simplesmente não posso conversar com ele. Sei de coisas que ele não entenderia. Sobre a morte. Sobre a minha mãe. Sobre os sonhos que compartilhamos.

E também sobre aqueles que ela nunca soube que eu sonhei.

Mas, apesar de todas as nossas diferenças, tento entender meu pai o melhor que posso. Pintar tudo de branco não precisa ser um sinal de vazio. Pode ser também de recomeço.

Só que para mim as coisas não funcionam desse jeito.

Ou melhor, não quero que funcionem desse jeito.

Fogo

Entrar na faculdade não me parece diferente do que foi entrar na escola.

Garotos e garotas com cara de bebê andando de um lado para o outro com suas mochilas, preocupados com a nova fase de suas vidas. Outros são mais velhos, enturmados, conversam em roda e não se importam em bloquear as passagens, como se fossem donos do pedaço.

Não estou preocupada com nada.

Claro, estudar em Guarulhos não se compara a estudar em grandes universidades de São Paulo, mas meu pai não parecia interessado em aumentar minha mesada, assim como eu não estou interessada em começar a trabalhar agora, então... zero chances de me mudar de casa.

O que posso fazer é fingir que sempre quis estudar Filosofia e passar uns anos aqui. Depois, quem sabe um concurso público? Ou talvez ir ao litoral abrir uma barraquinha para vender arte feita das coisas que a natureza dá para a gente?

Dizem que estudantes de Filosofia vão para a faculdade fumar maconha e aprender a fazer artesanato. Pelo cheiro, posso dizer que a primeira lição está sendo aprendida com sucesso.

Olho para um lado e para o outro, procurando a origem da fumaça.

Encontro fogo.

Quem diria, em meio a tanta gente desinteressante, um garoto desses? Quando meus olhos o encontram, ele já está olhando para mim.

Alto, olhos levemente puxados, pele escura, ruborizada nas bochechas, cabelo arrepiado. Veio vestindo regata com uma camisa xadrez toda aberta e de manga comprida por cima. Tenho a impressão de que ele acordou, pegou a primeira coisa que viu no armário e saiu de casa sem nem se olhar no espelho.

O baseado descansando em sua mão direita parece estar esperando por mim.

— Melhor você guardar isso antes que alguém da faculdade veja — falo alto demais, chamando a atenção dos alunos mais próximos. O garoto ri.

Olho para baixo e sigo reto pelo corredor, procurando a minha sala.

A verdade

— Corpo e alma não são uma boa mistura.

Estou genuinamente impressionada com o professor.

Um senhor careca, de óculos e voz fina, falando com tanta convicção para uma turma de adolescentes que parece mais interessada na cerveja depois da aula.

— Se o corpo pudesse ficar parado, estável, viver para sempre, seria simples, porque não teríamos necessidades. Mas hoje está calor, então eu suo, aí eu sinto sede, e a grande descoberta da minha alma será onde tomar cerveja depois da aula.

Bingo. Talvez essa aula não seja uma perda de tempo tão grande, afinal.

Tento anotar tudo o que o professor diz, mas não consigo me concentrar completamente. Meus olhos querem captar tudo ao redor.

Diferentemente da minha casa, aqui é tudo cinza.

O palácio branco. A fortaleza cinzenta. A dama de preto.

— Ei. — Ouço em sussurro.

Olho para os lados. Ele está olhando para mim.

Ele está olhando para mim com seus olhos levemente puxados, novamente com um sorriso no rosto, então acena com a cabeça em direção à porta, se levanta e sai. Outro garoto sentado perto dele parece resmungar algo incompreensível, depois se levanta e sai também.

— E aí você percebe que as pessoas que vivem regidas pelos seus desejos são escravas de seus corpos. Nesse princípio, seria melhor morrer de uma vez. Aí sua alma novamente se alinharia com o Universo e se voltaria para a verdade, em vez de ficar se preocupando com as necessidades de um corpo que só atrapalha.

Gostei desse princípio. A alma da minha mãe deve estar melhor agora, mergulhada na verdade colorida do Universo, do que quando tinha que se preocupar em preencher a tela branca que é o meu pai. Ou o meu quadro-negro.

Melhor eu buscar algo para me distrair. Pego minha bolsa, levanto e saio.

Biologia

Sigo os rapazes a certa distância até sairmos do prédio e entrarmos em um pátio aberto, que dá para um escadão. No final da descida, há uma quadra de esportes.

Eu me aproximo e vejo o garoto que me chamou tirando um maço de cigarros de dentro da sua mochila, enquanto seu amigo se senta no chão, parecendo emburrado.

— Você pode me agradecer depois — ele diz, jogando o maço para mim.

— Só por causa de um baseado? — pergunto, chacoalhando o maço.

— Não por isso. Enquanto a gente descia pra quadra, a aula foi interrompida. Os veteranos entraram e levaram nossos colegas pra fora. Vão brincar de pintar o rosto, quebrar ovos e jogar farinha na cabeça, essas coisas. Depois, os calouros vão arrecadar dinheiro nos cruzamentos e semáforos pra comprar cerveja.

— E como você sabe que eu não quero participar? — pergunto, sem mudar a expressão facial.

— Você quer?

— Não — respondo, tirando o baseado de dentro do maço.

— Qual é o seu nome? — ele pergunta, aproximando o isqueiro da minha boca.

Dou uma tragada e seguro, para depois expirar. Minha garganta queima. A sensação é bem parecida com a de quando fumo cigarro de palha.

— Cristina — respondo, com a voz levemente rouca. — Pode me chamar de Cris.

— Cris — ele repete. — É a sua primeira vez puxando um *beck*?

— Talvez. — Sorrio, então desvio o olhar.

— Quando tragar, é só fazer como se fosse um cigarro normal. Não precisa segurar.

— Mesmo? — Olho para ele. — Sempre achei que precisasse.

— Lenda urbana — ele diz, pegando o baseado, tragando e expirando. — A verdade é que noventa e cinco por cento do THC é absorvido logo ao entrar no pulmão.

— Parabéns, Raí. Por que não prestou vestibular pra Biologia? — pergunta o garoto sentado no chão.

— E ficar longe de você? — pergunta Raí, sorrindo enquanto agacha e o abraça por trás. — Jamais!

O amigo ri também.

— Raí? — pergunto, me sentando também.

— Sim — ele responde. — E este é o Bernardo. Mas pode chamar ele de Be.

— Olá — diz Bernardo, acenando com a mão.

Bernardo, para mim, tem cara de garoto que foi criado pela avó. Cabelo claro, encaracolado, emoldurando umas bochechas rosadas. Ninguém o chamaria de gordo, mas definitivamente tem lugares para apertar. Lembra aquelas crianças que comem mingau.

Deve arrasar em festas de família.

Eu sou magra e meu cabelo é escorrido e cor de palha. No enterro da minha mãe, cansei de ouvir que precisava me alimentar mais e de responder se estava bem.

— Escuta, não tem perigo de sermos pegos se ficarmos parados aqui fumando um baseado? — pergunto.

— Claro que tem! — Raí abre um grande sorriso. — Essa é a graça da coisa.

— Ei, o que vocês estão fazendo aí? — grita uma voz masculina alguns metros adiante. Um homem usando crachá da faculdade.

— Corre! — grita Raí, sem perder o sorriso.

Ex-namorado

Exatamente como Raí falou, nossa sala está vazia quando corremos pelo corredor. Bem, exceto pelo professor, que levanta o olhar quando passamos.

Na rua, viramos a esquina para evitar sermos vistos. Ouço um toque de celular. Nós três tiramos os aparelhos dos bolsos, mas é uma mensagem para Raí.

— A Bia chegou — ele diz, olhando para Bernardo.

— Bia? — pergunto ofegante.

— Você vai amar a Bia! — diz Raí, tomando a dianteira. — O nome dela na verdade é Bianca e ela é mais velha, não estuda mais.

— E por que você acha que vou pra algum lugar com vocês? — Dou risada, então paro e sinto meu corpo gelar.

Preciso reavaliar a situação, porque acabo de ver que meu ex-namorado está parado com seu carro bem à frente. O que ele está fazendo aqui? Eu não escrevi sobre a faculdade nas redes sociais. Ele deve ter perguntado para os nossos amigos em comum. Babaca.

— Raí — sussurro, mas estou olhando para o carro.

— Cris? — Raí se vira para mim erguendo só uma sobrancelha.

Coloco a mão por trás de sua nuca, me aproximo e o beijo. Ele retribui, então continuo enquanto meus ouvidos ficam atentos ao carro se afastando.

Quando penso em parar, o perfume dele me pega de surpresa. O cheiro cítrico e amadeirado combina com ele de alguma forma.

Abro os olhos a tempo de segurar a mão de Raí descendo da minha cintura para o meu traseiro.

— Ei. — Ele sorri. — Agora que ia ficar divertido.

Desvio o olhar e abaixo a cabeça.

— Desculpa. Tinha um carro parado ali na frente e eu não queria que ele me visse.

— Paranoia? — Raí sussurra.

— O quê? — Levanto a cabeça.

— O *beck* pode te deixar um pouco paranoica, mas pode ficar tranquila — ele diz, depois se aproxima e segura a minha mão. — Eu cuido de você, tudo bem?

Quem é você?

Quero ir direto para casa, desde que não encontre meu ex pelo caminho, então sigo Raí e Bernardo até a rua de trás.

O dia está bem ensolarado agora, o que é uma pena. Começo a suar.

— Ah, não precisa ficar com ciúmes — diz Raí.

— O quê? — pergunto.

— A Bia é linda, mas é minha prima. Entende?

— E você é bem convencido — respondo, me esforçando para não rir.

Espero um argumento de defesa que não vem. Acho que Raí concorda com a própria arrogância.

— Olha, é o carro dela ali — Raí diz, apontando para o estacionamento de uma loja.

Impossível não reparar no carro. Sabe o Camaro amarelo? É esse.

Bianca abre a porta de passageiro para nós. Pela descrição, pensei que ela fosse bem mais velha, mas deve ter no máximo vinte e cinco anos. Ela tem a mesma pele escura e o cabelo liso de Raí. A diferença é que os dela se estendem quase até a cintura, como uma cachoeira negra.

— Bia, essa é a Cris — diz Raí, com um sorriso no rosto. — A gente se conheceu hoje.

— Legal — Bia responde, também sorrindo.

Dentro do carro está tocando uma música que tento reconhecer.

— Que banda é essa? — pergunto ao entrar.

— U2 — responde Bianca. — Nostálgica? Eu sei.

Em seguida, ela aponta para Bernardo.

— Você pode ir atrás com meu priminho querido. Quero conhecer melhor essa menina.

Imediatamente, começo a simpatizar com Bianca. O ar-condicionado aqui na frente é bem agradável.

Durante o caminho, percebo que não sei para onde estamos indo.

— Você vai amar a casa da Bia! — diz Raí.

Ah.

— Você sempre morou em Guarulhos? — Bianca pergunta.

— Sim. Nasci e cresci aqui. E você?

— Nasci aqui, mas morei uns anos fora.

Apesar de ainda não ser hora do almoço, vejo muitos carros ao nosso redor quando o semáforo para o trânsito.

A música para de tocar. Imagino que era a última da playlist. Só escuto o barulho do ar e das buzinas lá fora.

Reparo nas unhas de Bianca, sem esmalte. Talvez ela não seja só cores, como julguei pelo seu carro. Olho para o retrovisor e vejo Raí distraído, olhando pela janela.

Será que eu deveria dizer alguma coisa? Começo a pensar que estou sendo inconveniente.

— Certo — diz Bernardo, para o meu alívio. — Uma senhora chega em casa e tem um bandido. Ele não percebe que ela chegou, então a velhinha agarra ele pelo saco. O bandido fica paralisado.

— Chega, Be. Quanto você quer para eu não ter que ouvir essa piada? — pergunta Bianca, entre risos.

— Deixa ele contar essa que é boa — diz Raí.

— Aí a velhinha pergunta: "Quem é você?" — Bernardo continua. — Nenhuma resposta! Ela aperta ainda mais o saco dele!

Começo a rir por causa da risada do Raí, que ronca entre as gargalhadas.

— "Quem é você?", ela pergunta de novo, mas não tem resposta! Agora, ela aperta tanto que chega a torcer, e pergunta de novo: "Quem é você?".

Vejo que Bianca esboça um sorriso, ainda olhando para a rua.

— E o bandido finalmente responde: "João!" — Bernardo continua. — A senhora pergunta: "Que João?" e ele diz: "O mudo!".

Um segundo de silêncio, então Raí dá uma gargalhada, que me faz rir novamente.

— Vai — diz Raí. — Agora é a vez da Cris. Ela tem cara de quem sabe umas piadas.

Dessa vez, até Bianca ri.

— Você me pegou. Não conheço nenhuma de cabeça — admito. — Mas sei alguns poemas de cor, se quiserem.

— Eu adoraria ouvir — diz Bianca, olhando para mim por um instante.

Respiro fundo, tentando me lembrar do começo.

— "*Se as coisas são inatingíveis... ora! / Não é motivo para não querê-las... / Que tristes os caminhos, se não fora / A presença distante das estrelas!*"

O trânsito começa a fluir e alguém tosse no banco de trás. Será que foi tão ruim assim?

— Nossa, Cris — diz Bernardo —, eu quase chorei aqui. De quem é?

— Ah, é do Mario Quintana — respondo.

— Foi lindo — diz Raí.

— Ainda estou refletindo — diz Bianca. — Gostei muito.

Sinto meu coração aquecer com os elogios. Talvez exista nele um pequeno espaço para o amarelo deste momento em meio a todo o preto, branco e cinza.

Em meus olhos

A primeira visão da casa de Bianca é um portão branco bem grande. Ela aperta o controle no console do carro e o portão se abre.

Há um gramado na frente da casa e uma passagem lateral pelos dois lados. O terreno parece enorme, o que é incomum tão perto da cidade. A casa, por fora, é toda de tijolos amarelos, janelas enormes e portas de vidro de correr.

Mal descemos do carro, os garotos começam a correr e tirar a camiseta. Eu pego um cigarro mentolado na minha bolsa e o acendo, enquanto os observo atravessar a passagem à direita.

— Precisa de um biquíni emprestado? — Bia pergunta.

— Não sei. Preciso?

— Pode nadar como quiser. — Bianca ri. — Só não pode ficar de fora.

Bianca pega o cigarro da minha mão e dá um trago, antes de me devolver e soltar a fumaça olhando em meus olhos.

Língua

Mergulho na piscina com a roupa de baixo. Raí e Bernardo já estão na água usando apenas suas cuecas brancas, e eu não quero bancar a diferentona.

Raí abre um sorriso enquanto joga água para cima do Bernardo e fica ainda mais sexy. Meu coração acelera ao pensar nele saindo da piscina com o tecido colado na pele.

Bianca também tira a roupa, mas só coloca os pés na água. Imagino que, quando alguém tem uma piscina em casa, a disposição para mergulhar nela não deve ser tão grande quanto a de quem não tem.

Até agora, eu não tinha reparado em como os seios dela são enormes. Não que os meus sejam pequenos. Acho que até são bem grandinhos, na verdade.

Mergulho novamente e me impulsiono em direção ao Raí. Quando ressurjo na superfície da água, ele está esperando com aquele sorriso nos lábios.

Nos encaramos sem dizer nada. Desvio o olhar por um instante, mas volto em seguida e retribuo o sorriso em seus lábios maravilhosos. Dessa vez, ele leva a mão até a minha nuca e me puxa até nossas bocas se encaixarem.

Minhas amigas da escola provavelmente virariam a cara para mim e fofocariam sobre isso por meses. "Como ela é fácil." "Mal conheceu o cara." "Virou feminista? Só falta parar de depilar o sovaco!"

Cris, você não está mais na escola.

A língua dele é quente e seus lábios são macios. Na frente da faculdade, eu não tinha percebido. Não tinha nem prestado atenção.

Escuto Bernardo e Bianca conversando sobre algo que não consigo entender do outro lado da piscina. Enquanto Bianca parece alegre e distraída, Bernardo observa Raí com a cara fechada.

— Quer ir lá pra dentro? — Raí sussurra.

Apenas aceno com a cabeça.

Regra do duende

Quando Raí termina de se secar, a visão de seu traseiro grudado no tecido úmido semitransparente me deixa feliz, como eu imaginava.

Ele me joga uma toalha e então atravessamos uma porta de correr de vidro, bem em frente à piscina. Entramos em uma espécie de antessala, com poltronas e uma estante grande, repleta de livros. Ele pega algo em uma gaveta da estante e continuamos para dentro da casa.

Chegamos a uma sala muito grande, de dois ambientes. O piso de mármore é maravilhoso, escuro, e há uma mesa enorme, de vidro, à nossa frente. Mais adiante, à direita, vejo um pufe turquesa bastante convidativo, assim como o segundo ambiente, que tem piso de madeira e um sofá maior que a minha cama.

— Não se preocupe — diz Raí ao se sentar à mesa e despejar erva sobre ela. — Eu sei bolar muito bem.

— Bolar?

Ele ri.

— Já tinha me esquecido que hoje foi sua primeira vez.

Puxo uma cadeira para sentar, enquanto ele tritura a maconha usando um objeto redondo de madeira.

Um calor me invade ao ver Raí passando a língua pela seda branca antes de fechar o baseado e acender. Tento pegar, mas ele faz que não com o dedo indicador.

— Regra do duende: quem bola, acende.

Ele liga o som de um aparelho rente à parede e ouço a voz da Rihanna. Em seguida, me pega pela mão e deitamos sobre o pufe, onde tragamos algumas vezes.

Levo pelo menos quatro tragadas até começar a sentir alguma coisa. A princípio, as cores ficam mais vivas. Os rubores na face de Raí, o castanho de seu cabelo. O azul do pufe faz com que eu me sinta na praia.

Os movimentos parecem mais lentos. Consigo ver cada detalhe do rosto de Raí enquanto ele sorri e me pergunta:

— Você está bem?

Aceno com a cabeça e percebo que é gostoso roçar meu corpo no tecido. Quando minhas pernas roçam nas pernas de Raí, percebo que é melhor ainda.

— Raí, aquele carro na frente da faculdade era do meu ex-namorado.

Não sei por que revelo isso, mas também não me sinto arrependida.

— Ele é uma pessoa ruim? — Raí pergunta.

— Ele não sabe o que faz.

— É o pior tipo — ele diz, encarando o teto.

Estou inquieta, então pego na mão dele e corremos para o sofá enorme no segundo ambiente. O piso de madeira parece absurdamente macio aos meus pés. O tecido do sofá é aconchegante e escuro e eu quero me perder.

— Você tem camisinha?

As palavras saem da minha boca, mas soam esquisitas, então começo a rir. Rio ainda mais quando ele tira a camisinha de dentro do compartimento externo da cueca.

— Você não é virgem ou algo assim, né? — Raí pergunta, suas palavras entrando lentamente em mim.

— E eu achando que você era um *bad boy*. — Rio da cara dele.

Ele tira a minha lingerie com voracidade e cai sobre mim com a língua. Estou bem mais sensível que o normal, e a sensação é deliciosa. Não consigo me conter e inverto nossas posições. Quero cavalgar na cara dele para sempre.

Sinto que estamos fazendo isso há muito tempo quando ele arranca a cueca e me puxa para baixo, para entrar em mim com a mesma voracidade. Como se essa fosse a última coisa a fazer na vida. "E a sua hora é agora."

Quando sinto que estou totalmente entregue, desejo que aquele momento dure eternamente. Com as mãos de Raí me apertando as costas com firmeza, quase sinto pena da Cristina que só conhecia sexo mecânico e sem gozo.

Ao olhar para ele, vejo os músculos se contraindo no mesmo ritmo que o meu. Vejo sua pele escura, macia e quente. Vejo seus olhos astutos que sorriem para mim e refletem novas possibilidades.

O futuro parece bem mais cheio de prazer e de cores do que antes, mas igualmente repleto de dor e sem sentido. Se eu pudesse parar de cair, este seria o momento de abrir os olhos.

Algo especial

Acordo confusa, mas estou coberta com um lençol. Nenhuma música. Raí está ao meu lado, de barriga para cima, ainda dormindo. Nossas toalhas e roupas de baixo espalhadas pelo chão.

Levanto o lençol devagar para ver como estamos e demoro um pouco o olhar sobre seu corpo nu. Eu não estava enganada. É realmente algo especial.

— Quer uma foto? Assim dura mais — ele sussurra e ri, ainda de olhos fechados. Com o susto, deixo o lençol cair imediatamente.

— Acordou agora? — pergunto.

— Acordei alguns minutos antes de você e peguei esse lençol. — Ele olha para mim. Seus olhos penetram minha carne.

— Será que alguém viu a gente?

— Acho que a Bia e o Bernardo entenderam que a gente precisava de privacidade — ele diz, se levantando. Não consigo tirar os olhos da bunda dele e não me sinto culpada.

— E os pais dela, estão fora? — pergunto, tateando o chão em busca da minha calcinha.

— Ah, ela mora sozinha.

Três chamadas

Saímos pela antessala em frente à piscina e encontro minhas roupas dobradas no chão, ao lado da minha bolsa, como eu deixei.

Bianca e Bernardo já estão vestidos, jogando cartas sobre uma toalha grande estendida no gramado.

Raí começa a pegar suas roupas espalhadas do outro lado da piscina, enquanto verifico meu celular.

Três chamadas não atendidas. Todas do meu pai.

Guardo o celular de volta e caminho até a mesa.

— E aí, crianças, prontas para ir pra casa? — pergunta Bianca.

— Desculpa, Bia, nós caímos no sono lá dentro — respondo.

— Não se preocupa — ela diz, pegando em minha mão. — Pode dormir aqui quando quiser.

Suave

A primeira parada é a casa de Raí. Ele desce, junto com Bernardo, dá a volta e se aproxima do meu rosto, mas eu desvio.

Dou um beijo em sua bochecha e sussurro:

— Guarda um pouco pra amanhã.

— Ah, é? — Ele sorri. — Tem uma festinha amanhã à noite. Vamos? Sexta-feira é de lei.

— Vamos ver — respondo, sentindo as palavras do meu pai saírem pela minha boca. Eu queria ter aceitado de uma vez, mas o sorriso dele mostra que ele sabe disso.

— Raí, já leva isso aqui. — Bianca passa um pacote fechado para ele. — Amanhã vou estar ocupada. Você sabe o esquema.

— Suave — ele diz, depois passa o braço pelo ombro de Bernardo e se afastam.

— Ele parece gostar de você — diz Bianca, já tirando o carro da baliza.

— Parece.

— Mas no seu lugar, eu não me animaria demais. Esses dois sempre colocam a amizade acima de qualquer coisa. Pode ser um pouco irritante.

Acendo um cigarro e ofereço para a Bianca, mas ela balança a cabeça negativamente.

— Mas obrigada pelo aviso — digo após a primeira tragada. — Vou tentar não pensar mais em quais serão os nomes dos nossos três primeiros filhos.

Bianca apenas ri.

Mais ou menos

Entro em casa e as luzes estão acesas, mas não vejo meu pai.

— Princesa, é você? — ele grita da cozinha.

— Cheguei, pai — respondo, enquanto tranco a porta.

Ouço o barulho de seus passos, então ele ri.

— Tomou banho em algum lugar? — meu pai pergunta, o que me lembra que meu cabelo secou naturalmente depois da piscina. Deve estar um desastre.

— Mais ou menos.

— Eu tentei te ligar, mas aí lembrei que hoje era seu primeiro dia e provavelmente ia acontecer algum tipo de trote. Espero que não tenha acontecido nada de grave.

— Não, pai — balanço a cabeça. — Nada de grave.

— Fez alguns amigos?

— Na verdade, sim.

Começo a andar, antes que se forme um silêncio constrangedor.

— Vou subir e tomar um banho de verdade.

— Tudo bem, mas não demora. O jantar está pronto.

Sinto minha boca salivar imediatamente.

Enquanto meu senso de preservação diz para seguir para o meu quarto e evitar mais perguntas, meu estômago lembra que estou sentindo uma fome gigante desde que acordei no sofá de Bianca. Meus pés param no primeiro degrau e dou a volta para a cozinha.

— Ou então come agora e toma banho depois. — Ele ri, enquanto me acompanha. — E pode comer à vontade. Qualquer coisa, eu frito mais para mim.

Olho novamente para a travessa. Sem perceber, peguei todos os bifes.

Carona

— Bom dia, princesa. Hora de levantar.

Desta vez, quero tacar um travesseiro na direção da voz, mas abro os olhos e vejo que já é mesmo hora de levantar.

O cigarro está escondido? Está.

Branco, branco, branco, comida, comida, comida.

— Pai, vou a uma festa hoje à noite com a galera — aviso, assim que termino de comer.

— Tudo bem, mas presta atenção ao celular desta vez — ele diz, abaixando o jornal. — Já faz dois anos, princesa. É hora de deixar o passado para trás e ser mais responsável.

Não respondo. Corro para finalizar minha maquiagem com pressa, porque estou atrasada de novo. Odeio acordar cedo.

Ando rápido pelas ruas, prestando atenção se já decorei o caminho. Meu coração aperta antes que eu tome consciência do que está acontecendo. Levanto a cabeça e vejo um carro encostar na calçada. O carro do meu ex-namorado.

Daniel abaixa o vidro elétrico e levanta os óculos escuros estilo aviador.

— Bom dia, Cris. — Ele sorri com seus dentes excessivamente brancos.

— Só se for pra você — respondo e volto a andar.

— Entra. Eu te dou uma carona.

— Nem se eu estudasse em Marte.

— Cris, eu só quero conversar. Seu pai não me deixa entrar na sua casa.

— Agradeça por ele nunca ter chamado a polícia.

— Só me diz uma coisa, Cris. O que foi que eu fiz de tão errado que não mereço uma conversa?

Paro de andar, me apoio sobre o carro com as mãos e olho bem para ele. Ele continua igual, inchado de tomar bomba na academia, cabelo raspado, bronzeamento artificial. Se sente um artista de Hollywood.

— Você é obsessivo, Daniel. Você não sabe amar. Você só saber fazer isso, sufocar as pessoas até que não exista mais nenhum ar pra elas respirarem.

Respiro fundo, sentindo minhas palavras na pele. Continuo:

— Eu só quero caminhar em paz até minha faculdade, sem conversar com ninguém. Muito menos com você.

Daniel fecha a cara, coloca os óculos escuros novamente e eu afasto as mãos bem a tempo de ele arrancar o carro. Logo, some da minha vista.

Não interessa

Sento na mesma cadeira de ontem e fico mentalizando todas as conversas que eu realmente gostaria de ter com Daniel, mas que seriam impossíveis, porque ele não ficaria tempo suficiente para escutar tudo.

— E aí, gata? — Raí senta ao meu lado e me encara.

— E aí? — respondo, séria. — Desculpa, não estou num bom dia.

— Suave — Raí sussurra. — Eu cuido de você, lembra? Te disse ontem.

— Eu não preciso que você cuide de mim. Eu só preciso de espaço — respondo.

Raí afasta a cadeira um teco para o lado e levanta os braços, me fazendo rir.

— Ei, menino, você está sentado no meu lugar — diz uma garota, de voz estridente, que se aproxima.

Óculos metálicos, roupa cor-de-rosa mais vergonhosa que o meu pijama de unicórnios, livros com etiqueta da biblioteca fora da bolsa, querendo impressionar. Provavelmente, quer se sentar no mesmo lugar de ontem para ver se o professor lembra da sua existência.

— Qual o seu nome? — Raí pergunta a ela.

— Não interessa — a garota responde, e joga um de seus livros sobre a mesa.

— Desculpa. — Raí esbarra no livro, jogando-o no chão. — Não vejo o nome "não interessa" escrito nessa mesa.

O rosto da garota fica inchado e vermelho e ela se treme inteira enquanto agacha para pegar seu livro, nunca deixando de encarar Raí.

— Aqui não é o ensino médio. Procure outro lugar — ouço Raí sussurrar no ouvido dela.

— Babaca — a garota resmunga enquanto se afasta de nós.

Raí agarra sua mesa e a arrasta para mais perto de mim.

— Viu? — ele diz. — Eu cuido de você.

— Ah, não vem com essa — respondo, enquanto tiro o caderno da mochila. — Você não fez isso por mim. Aposto que sente prazer em humilhar pessoas inseguras em público.

— Que absurdo! — Ele sorri.

— Eu costumava ser exatamente igual a ela antes de... até uns dois anos atrás. — Começo a tirar meu material da bolsa. — Aposto que você também me trataria desse jeito se eu ainda fosse a mesma garota.

Raí pega a sua mochila e joga na mesa atrás dele, ignorando o que eu disse.

— Certo. — Eu rio. — Pra que isso?

— Eu também cuido do Bernardo. — Ele dá de ombros e me encara. — Ontem a gente não trocou telefones.

— Manda uma mensagem daqui. — Passo meu celular para ele.

— Pronto! — Raí sorri e me devolve o celular. — Agora, sempre que você não estiver num bom dia, é só me ligar.

— Como pode ter tanta certeza de que você vai melhorar meu dia?

— Meus dias são sempre bons — ele responde sério.

O que tinha no pacote

— Por que estamos aqui sentados enquanto o Raí compra nosso lanche na cantina? — pergunto a Bernardo e observo a enorme fila para comprar fichas de troca.

— Bom, ele se voluntariou. — Bernardo dá de ombros.

— Ele é sempre assim, "salvador da pátria"?

— Praticamente. — Bernardo se debruça e fecha os olhos. — Tanto sono...

— Tem outra coisa que eu queria te perguntar desde ontem — digo, mas espero ele responder para ter certeza de que está me ouvindo e não vou ter que repetir.

— O que é? — Ele arruma a postura e abre os olhos.

— Aquele pacote que a Bianca entregou pro Raí...

— O que tem?

— Não se faz de sonso, Bernardo. O que tinha no pacote?

— Ah — ele diz, voltando a se debruçar. — Acho melhor perguntar direto pra ele.

— De quem é a coxinha sem catupiry? — pergunta Raí, com um sorriso no rosto e salgados equilibrados nas mãos.

— É minha — respondo.

— Ei, alguém morreu? — Raí pergunta sorrindo, enquanto se senta. — Vocês parecem tão sérios...

— Ela quer te fazer uma pergunta — diz Bernardo.

Fuzilo Bernardo com o olhar. Respiro fundo.

— Raí, o que tinha no pacote que a Bia te deu?

— Ah, aquilo? — Ele toma um gole de refri. — Cocaína.

Dona da porra toda

Finalmente, aceito o convite de Raí para ir à tal festa no centro. Um letreiro neon com o nome "Paradise" ilumina a fachada.

Não precisamos pegar fila. Simplesmente cortamos todo mundo e o segurança abre espaço para nós. Música alta, ambientes escuros e uma mesa reservada na área VIP. Nada para desgostar. Meu único problema é não ter assunto com Bernardo.

Daqui, posso ver Raí acompanhado de várias pessoas diferentes o tempo todo. Ninguém pode dizer que ele não é um bom vendedor.

— Be, você já usou cocaína? — pergunto. O volume da música está alto o suficiente para que eu não me preocupe com alguém escutando por acidente.

— Não — ele responde, sem tirar os olhos do celular.

— Você sabe que efeito dá? Por que todo mundo quer essa coisa?

Ele levanta o olhar para o teto por um instante, então olha para mim.

— Faz a pessoa se sentir estimulada, cheia de energia, confiante, forte. E pra quem quer dançar, tem o bônus de tirar fome, sono, até dores no corpo.

Bernardo desce o olhar para o celular novamente.

— Garçom! Dois *shots* de tequila! — grito acima do volume da música.

Garçom: uma vantagem da área VIP.

O importante é quebrar o gelo com esse garoto para eu não morrer de tédio antes de a noite acabar.

— Você gosta de tequila? — pergunto.

— O quê? — Bernardo levanta o olhar, distraído.

— VOCÊ GOSTA DE TEQUILA? — grito novamente.

— Até gosto, mas já aviso que sou um pouco fraco pra bebida.

Não poderia ser melhor que isso.

Bernardo franze o rosto a cada *shot*, mas pelo menos estamos rindo agora. Tomamos um, dois, três cada.

— Peço mais? — Pego no ombro dele.

— Melhor esperar um pouco — ele pede.

Sinto vontade de dançar, mas desconfio que Bernardo não faz o tipo que dança.

— Quer ir pra pista um pouco? — ele pergunta.

Vivendo e aprendendo.

Lembro de algo enquanto estamos atravessando a multidão no caminho.

— Be, vou te perguntar uma coisa, mas você está proibido de mandar eu perguntar isso pro Raí.

Ele não diz nada, o que entendo como uma afirmativa. Continuo:

— Como ele consegue vender *farinha* pra um monte de gente sem chamar a atenção dos seguranças?

— Ah, eles sabem.

— Sabem? E por que não fazem nada?

— A Bia é a dona da porra toda. — Ele sorri.

Decisão

Volto para a mesa com as pernas doloridas de tanto dançar, mas me sinto animada por dentro. Teria ficado um pouco mais se o Bernardo não tivesse começado a fazer essa cara esquisita, com os olhos esbugalhados.

— Be, você está bem? — pergunto mais uma vez.

Ele se debruça sobre a mesa e só acena com uma mão.

— Garçom, traz uma água aqui, por favor — eu peço.

— Ele é lindo, não é? — Bernardo ri, ainda debruçado. Os olhos dele estão brilhando.

— Ele quem? — Passo a mão em suas costas.

— O Raí. Todo mundo gosta dele.

— Ele é. Mas sabe, você também não fica muito atrás, pra quem gosta do seu tipo. Não estou dando em cima de você nem nada.

— Eu amo o Raí — ele diz, olhando direto nos meus olhos.

— Claro que ama. — Continuo esfregando suas costas. — Vocês são amigos há quanto tempo?

— Uns oito anos — ele responde, e começa a respirar fundo.

— Sua água. — O garçom entrega à mesa.

— Toma um pouco disso — digo ao Bernardo, já deixando a garrafa aberta.

Ele segura a garrafa, mas ao levantar impulsiona o corpo para o lado e vomita. Em seguida, pega um guardanapo de papel sobre a mesa e limpa o rosto, antes de se sentar.

— Foi mal — ele diz, apoiando as costas na cadeira. — Eu sou fraco.

— Ei, vocês estão bem? — Raí se aproxima.

— Acho que a tequila foi demais pra ele — respondo, apontando para Bernardo.

— Ai, caralho — Raí vai até Bernardo.

— Relaxa. Daqui a pouco ele melhora — eu digo.

— Você não entende, Cris. Ele não devia beber. O Be toma anticonvulsivo.

— Porra. — Começo a dar adeus para a minha embriaguez. — Desculpa, Raí. Eu não fazia ideia.

— Não foi sua culpa — ele diz, enquanto carrega Bernardo em seu ombro. — Eu preciso levar ele pra minha casa. Você chama um Uber?

— Não se preocupa comigo — respondo.

Raí passa o braço direito de Bernardo sobre seu ombro, dá um passo, para e vira a cabeça para mim.

— Desculpa te deixar aqui — ele diz, e volta a caminhar.

Levanto e caminho até o caixa para apresentar minha comanda. Um homem me responde através do vidro escuro:

— Essa comanda já está liberada.

— Obrigada — digo. — Boa noite.

Do lado de fora, a noite está agradavelmente quente. Se não fosse tão perigoso andar sozinha a essa hora, acho que gostaria de voltar para casa a pé.

Ainda ouvindo a voz de Raí na cabeça, começo a chamar um Uber pelo celular e depois acendo um cigarro. O aplicativo continua buscando, dando a entender que não existem muitos carros na região.

— Cris, preciso falar com você — ouço uma voz da rua.

Eu devo estar um pouco embriagada ainda, porque não percebi meu ex-namorado encostando o carro e abaixando o vidro para falar comigo.

— Daniel, mas que bosta. — Ando até o carro. — Quantas vezes preciso te falar?

— Você falou o que precisava, mas eu não — ele diz. — Por favor, entra no carro. Eu te levo pra casa.

Olho para o celular enquanto penso.

Bem, preciso acabar com essa palhaçada do Daniel em algum momento. E assim também economizo. Cancelo a viagem do Uber e abro a porta.

Caminho para casa

O silêncio dentro do carro é constrangedor, mas me recuso a começar a conversa. Espero que ele comece a falar só depois que chegarmos à minha casa, porque aí posso descer a hora que eu quiser.

— Cris, você poderia apagar esse cigarro? — pede Daniel. — Você sabe que eu detesto.

— Não — respondo e solto a fumaça para o lado dele.

Daniel tosse e diminui a velocidade.

— Você é completamente irresponsável — ele diz.

— E você é chato pra porra — respondo, e em seguida abro minha janela ao máximo para gritar. — Uhuuuuuu.

— O que aconteceu com você? — ele pergunta, e começa a fechar a janela novamente.

— Daniel. — Dou uma risada curta. — Quando minha mãe morreu, você apareceu tipo um príncipe encantado. Todo mundo achava que você era o cara mais bonito da escola, e ainda tinha grana.

— Eu podia ter ficado com quem eu quisesse naquela escola. — Ele fecha a cara.

— Eu sei. — Eu o encaro. — Mas a escola acabou, e eu segui em frente. Você deveria fazer isso também.

Daniel joga o carro para a direita e percebo que não sei mais onde estamos.

— Esse não é o caminho pra minha casa, Daniel. Volta pra avenida ou eu pulo desse carro.

— Não nesta velocidade — ele diz, sem tirar os olhos da direção.

Ele para o carro ao chegarmos no final da rua, terrenos abandonados de ambos os lados. Os vidros fecham sozinhos quando Daniel desliga o carro.

— Chega, Daniel. Daqui eu vou a pé. — Levo a mão à maçaneta da porta, apenas para perceber que ela está quebrada.

— Você não vai a lugar nenhum.

— Você... quebrou a maçaneta de propósito?

Sinto meu coração apertar e respiro fundo. O Daniel é assim, obsessivo, controlador, mas não resiste a um gelo. Daqui a pouco, vai pedir desculpas.

— Eu te amava, porra — Daniel sussurra com a voz aguda. — Eu só peço que você finja ser a antiga Cris por alguns minutos e eu nunca mais te incomodo.

— Eu não posso, Daniel — sussurro de volta.

— Eu juro que não quero te machucar — ele diz, e joga seu corpo sobre o meu.

Pressiono a bituca do cigarro aceso na testa dele.

— Mas que porra! — ele grita com a voz fina, tateando a testa com cuidado. Dá para ver que vai ficar marca. — É assim que vai ser?

Dou um soco no nariz dele e tento pular para o banco de trás assim que ele se afasta. Ele me puxa pela cintura e me joga de costas para a porta novamente. Vejo que escorre sangue pelo nariz dele.

Daniel segura meus braços sobre minha cabeça. Resisto por alguns segundos, em vão. Só consigo irritá-lo mais. Minha blusa está suja com o sangue dele agora.

Vermelho.

Quando ele entra em mim, eu saio. Viajo pela minha mente para os lugares mais distantes. Penso na minha mãe, penso na Bianca, estamos todas juntas sobre o gramado ao lado da piscina.

Meu rosto arde com um tapa.

— Olha... pra... mim. — Ele está ofegante. — Cadê seu namoradinho novo agora? Ele te come tão bem quanto eu?

O rosto dele parece uma carranca, com um buraco preto na testa, fluidos e sangue misturados escorrendo do nariz para todo o seu rosto. Estou soluçando ao perceber minha fragilidade cada vez que ele entra em mim.

Não me lembro como saio do carro.

O caminho para casa são apenas borrões. Borrões vermelhos.

— Boa sorte, Cris. Te desejo tudo de bom — ele grita, mas não sei dizer se isso está acontecendo agora ou se faz algum tempo.

Estou no corredor indo para o meu quarto. Meu pai resmunga algo de sua cama e eu respondo:

— Sou eu. Pode voltar a dormir.

Pego o celular e procuro o nome do Raí enquanto tateio sobre a parede até acertar o interruptor.

Meu olho se demora em um objeto no chão. Jogo o celular na cama, junto à minha bolsa.

Há um bilhete: "*Cris, você sempre será minha princesa, não importa se o seu quarto for cor-de-rosa ou... preto. Amor, papai*". Atrás dele, um balde de tinta preta fosca, como eu tinha mencionado.

Acho que estou chorando muito alto, porque escuto meu pai se levantar da cama e entrar no meu quarto. Em silêncio, ele me abraça.

— Eu quero a minha mãe — digo com a voz embargada.

— Eu sei, princesa — ele sussurra.

— Eu não sou uma princesa.

Abro os olhos e percebo que meu maço de cigarros caiu para fora da bolsa quando a joguei.

— E eu fumo — admito, tentando não soluçar.

— Eu sei. Eu sei — ele diz, e me dá um beijo no topo da cabeça. — Aconteceu alguma coisa nessa festa? Quer falar comigo?

Nesse momento, eu amo meu pai mais do que amei nesses últimos dois anos. Mas, ainda assim, ele não é a minha mãe. E existem coisas que eu sei que ele não vai entender.

Percebo agora que também não posso falar com Raí sobre isso.

— Obrigada, pai. Vai dormir. Acho que bebi demais, só isso.

— E esse sangue na sua blusa? — Eu havia me esquecido disso.

— Não é meu.

Vejo a testa dele se franzir, então complemento:

— Um amigo se cortou com um copo quebrado, então caiu um pouco aqui. Relaxa. Sério. Pode ir dormir.

Quando ele sai, deito na cama por um instante, abraçando meus joelhos. Olho para o meu celular e procuro na agenda alguém para ligar, mas não aparece qualquer pessoa com quem eu gostaria de falar agora.

Penso nas antigas amigas da escola, mas elas não entenderiam. Não me entenderam quando minha mãe morreu e entenderiam muito menos agora. São aquele tipo de gente que morreu e esqueceu de deitar.

Meu celular começa a vibrar. Não conheço o número, então só atendo sem dizer nada.

— Cris? Está tudo bem? — diz uma voz feminina.

— Quem é? — pergunto.

— É a Bia. O Raí me passou seu número pra ver se você ia precisar de uma carona. Mas pelo jeito liguei tarde, né?

Não respondo.

— Cris? Está tudo bem? — ela pergunta com a voz grave.

— Não, Bia. Não está — sussurro.

Estrelas

Não consigo entender por que confio tanto em uma garota que acabei de conhecer, mas quero vê-la, por isso concordo que ela venha me pegar.

Espero alguns minutos e caminho até a calçada com meu pijama de unicórnios dobrado nos braços, deposito-o aos meus pés, acendo um cigarro e coloco fogo no pijama. Os unicórnios estampados bem parecem tentar se mover enquanto são consumidos pela chama, mas a hora deles chegou, assim como chegou para mim.

Entro no carro de Bianca assim que ela chega.

— Você disse que ia estar ocupada hoje — falo. — Espero não ter te atrapalhado.

— Não pense bobagem — ela responde. Seus olhos marejados param rapidamente sobre os restos fumegantes na calçada, enquanto ela passa a mão em meu rosto, mas não menciona. — Se você ainda não se lavou, pode fazer o exame de corpo de delito e ferrar com esse canalha.

— Eu tomei banho — respondo olhando fixamente para a rua, lágrimas escorrem pelo meu rosto. — Eu só... queria que isso acabasse.

Ela me abraça e ficamos assim por um tempo. Talvez ela esteja pensando como vai ajudar uma garota tão burra quanto eu. Ou talvez esteja só me abraçando mesmo.

— Vamos pra minha casa — ela sussura. — Espero que goste dos meus drinques.

Eu não falo muito durante o caminho e Bianca respeita meu silêncio. Fico grata por não ter que conversar.

A viagem para a casa dela parece muito mais curta agora do que da primeira vez. Dessa vez, ela me apresenta à banda Florence and the Machine.

— Boa noite, senhorita Bianca. — Tomo um susto com o homem enorme parado à frente da casa. Tem a pele escura, como a de Bianca, cabelo raspado e vestindo traje social completo, apesar do calor.

— Boa noite, Matias — Bianca responde. — Essa é a Cristina. Ela vai passar a noite aqui em casa e é bem-vinda sempre.

— Boa noite, senhorita Cristina.

— Oi — respondo.

Dentro da casa, é tudo tão luxuoso quanto eu me lembro. O acabamento de gesso no teto combinando com a iluminação, os móveis feitos sob medida, o piso pensado para cada ambiente, granito, mármore, madeira.

— Venha — chama Bianca. — Você ainda não conheceu o outro lado da casa. Tem uma área ótima pra encher a cara.

Escolho sentar em um sofá confortável com descanso para os pés, enquanto Bianca prepara um drinque para nós em um bar bem abastecido. A área em que estamos não dá vista para a piscina, mas talvez seja melhor assim. Não quero ter ideias de afundar e não subir novamente.

— Pronto — diz Bianca, me entregando um drinque vermelho com um guarda-chuvinha em cima.

— Do que é feito? — pergunto.

— Segredo. — Ela coloca o dedo indicador na frente da boca. — Quem sabe um dia te conto?

Tomo a bebida mesmo assim, e é deliciosa. Bianca diminui as luzes em um painel na parede, então se esparrama no mesmo sofá que eu e olha para cima.

Levanto o olhar também e fico surpresa com a quantidade de estrelas.

— Sempre que vejo tantas estrelas assim, não consigo evitar me sentir pequena dentro do Universo. — Sorrio.

— Eu também — ela diz, pegando em minha mão. — "Que tristes os caminhos, se não fora a presença das estrelas!"

Meu coração dá um pequeno sinal de vida ao perceber que ela se lembrou do poema, mas continuo olhando para cima, sem dizer nada.

Café

O toque do celular me incomoda. Desejo que ele pare. Bianca se mexe ao meu lado e atende a ligação.

— Mas eles já foram pagos — ela diz. Silêncio. — Quero que ele olhe na minha cara e repita isso.

Viro para o outro lado e caio em sono profundo, tentando adiar ao máximo meu encontro com a realidade. Mas a realidade insiste com outro toque de celular. Dessa vez, o meu.

Vou tateando até encontrá-lo. Por detrás da visão embaçada de sono vejo o nome do meu pai brilhando na tela.

— Oi, pai — atendo.

— Bom dia, princesa. Está tudo bem? Que horas você saiu de casa?

— Ah, eu não avisei, né? Estou na casa de uma amiga. — Olho para o lado e não vejo a Bianca.

— Tudo bem. Quando puder, me mande o endereço e o telefone dela, sim?

— Relaxa, eu não devo demorar — respondo, pegando meus shorts jogados no chão.

— Então divirta-se, meu amor. Até mais tarde.

— Tchau. — Desligo e termino de me vestir.

Alguém bate à porta. É Raí, que entra e encosta na parede para me observar.

— Tentei te ligar e fiquei preocupado. — Ele sorri. — A Bia disse que você estava aqui.

— Aqui estou — respondo, encarando meu celular. Duas ligações perdidas dele aparecem na tela. — Foi a noite das meninas.

— O café da manhã está na mesa — ele diz, então se aproxima e acaricia meu cabelo. — A Bia teve que sair, mas disse que a gente pode ficar o quanto quiser.

— Não tenho fome — respondo, pegando minha bolsa e guardando o celular nela.

— Então me acompanha? Ainda não comi nada hoje.

Olho para ele e vejo seu rosto listrado de vermelho, um buraco na testa. Sinto meu corpo gelar.

Esfrego os olhos, me espreguiço mais uma vez e suspiro. Seu rosto está limpo.

— Tudo bem — respondo. — Acho que um café cairia bem.

Misturado com uísque, penso.

Compensação

O café da manhã na casa da Bianca tem ainda mais opções de pães e frutas do que na minha casa – coisa que eu não achei que era possível. Uma senhora de uniforme serve o café quando nos sentamos.

— Eu sei que ontem não acabou como você gostaria — diz Raí, passando geleia em uma fatia de pão.

— O quê? — Quase engasgo com o café.

— Mas eu não podia deixar o Be naquele estado. — Ele para e olha para mim.

— Ah. — Volto o olhar para a xícara de café entre minhas mãos.

— Vou te compensar por isso hoje, prometo.

— Tudo bem, Raí. — Assopro o café. — Não precisa compensar nada.

— Faço questão.

Pra onde vamos?

Raí dirige mais rápido que Bianca. Sinto frio na barriga a cada lombada em que ele passa.

— Então, este carro é seu? — pergunto.

— Todo meu. — Ele sorri. — Gosta?

— Não entendo muito de carros, mas é bonito.

— Vermelho é a minha cor favorita.

Respiro fundo.

— Pra onde estamos indo? — pergunto, sentindo sem querer um novo frio na barriga, apesar de não haver lombada alguma.

— A Bia pediu pra eu pegar uma encomenda, depois vamos pra onde você quiser — ele diz olhando em meus olhos, o que acalma minha ansiedade e aquieta as borboletas em meu estômago.

Fico no carro, curtindo o ar-condicionado, enquanto Raí entra em um armazém sem nenhuma placa. Espero dois minutos até ele voltar. Abro a porta para ele.

Um homem mais velho, barbudo, vestindo uma camisa havaiana verde, o acompanha até a calçada.

— Ah, Raí, leva essa amostra. — Ele aperta a mão de Raí, disfarçando a entrega de um pequeno pacote. — Vê se tem interesse.

— O que é? — Raí pergunta.

— Você é esperto, vai descobrir — diz o barbudo, antes de se virar e andar para dentro do armazém.

Vejo o Raí observar o pacote por um instante e então guardá-lo no bolso de sua camisa aberta e atar o cinto de segurança.

— E agora, pra onde? — ele pergunta.

Vamos dançar

Mal chegamos em casa, começo a me arrepender de ter sugerido pintar a parede do meu quarto. Acho que preferia fazer algo mais leve hoje. Quando entramos, há um bilhete na geladeira.

"~~Princesa~~ Filha, se você chegar antes de mim, fui ao sítio pescar. Volto de noite."

— "Princesa"? — Raí aponta e dá risada.

— Você sabe como são os pais. — Desvio o olhar.

— Se minha mãe me chamasse de *princesa*, seria num contexto muito diferente. — Ele pega na minha mão.

Pego roupas velhas para nos trocarmos e evito olhar para Raí só de cueca na minha frente. Não quero correr o risco de ver um monstro em seu lugar de novo. Ele chega a me acariciar e beijar meu pescoço, mas termino logo de me vestir e começo a cobrir o chão de jornal.

Passamos tinta por toda a parede, cada um com seu rolo, mas o que deveria ser uma atividade terapêutica está apenas reforçando as dores físicas de ontem.

— Pensou que seria mais fácil? — Raí dá risada, e eu rio também, ao ver como ele está sujo de tinta preta.

— Pelo menos, a primeira mão já foi — respondo, então me aproximo e dou um selinho na boca dele.

— E aqui vai a segunda mão — ele diz, passando o pincel de leve no meu nariz e rindo.

— Cuidado — dou um grito agudo. — Vamos sujar a cama.

— Cris, eu te quero tanto agora que não me importo de comprar outro lençol pra você. — Ele me envolve em seus braços e me carrega em direção à cama. — Caralho, eu compraria uma *cama* nova, se precisasse.

Ele se joga sobre mim e começa a tirar a minha roupa, mas eu grito, desta vez mais alto.

— Cris? — Raí pergunta, me soltando imediatamente.

Meu coração está tão apertado que é difícil respirar.

Ouço a voz de Raí, mas vejo a carranca vermelha soltando fumaça pelo buraco que tem na testa, nublando a minha visão e o meu pensamento.

— Por favor, conversa comigo — ele diz.

Quero responder, mas tudo o que saem são lágrimas.

— Cris, podemos fazer um pequeno jogo? Eu te faço uma pergunta e você balança a cabeça pra dizer "sim" ou "não", tudo bem?

Aceno positivamente com a cabeça, de olhos fechados.

— Aconteceu alguma coisa ontem à noite, depois que eu levei o Bernardo pra casa?

Aceno novamente.

— Isso aconteceu na casa da Bia?

Balanço negativamente.

— Isso aconteceu aqui na sua casa?

Balanço novamente.

— Isso aconteceu no caminho?

Aceno.

— Foi com alguém que você conhecia?

Aceno.

— Foi seu ex-namorado? — ele sussurra.

— Sim — sussurro de volta.

— Posso te abraçar?

Pego a mão de Raí e vou puxando-o para perto, até nos encaixarmos.

— Eu prometi que ia cuidar de você — ele sussurra.

Faço apenas um chiado, pedindo silêncio.

— Você não é responsável por mim — sussurro. — Se alguém tem culpa pelo que aconteceu, é só o Daniel...

— Daniel? — ele diz, passando a mão em meu cabelo.

— Pode pegar água pra mim na cozinha? — peço.

— Tudo bem. Eu já volto — ele diz, beijando meu rosto.

Quando escuto barulho na cozinha, observo nossas roupas penduradas no cabideiro.

Ando até ele e pego o pequeno pacote no bolso da camisa de Raí.

Ao abri-lo, vejo um saquinho com pó cristalino dentro. Sempre pensei que cocaína fosse branca. Lembro do Bernardo falando sobre como essa droga pode deixar a pessoa forte e confiante, então me decido.

Abro o saquinho e coloco um pouco no dedo indicador, em seguida levo o dedo ao nariz e aspiro.

Sinto meu nariz arder e meu coração acelera, porque nunca fiz isso antes. Ouço o barulho da torneira sendo fechada na cozinha. Tenho a impressão de que foi muito pouco, então coloco mais um punhado de pó em minha mão e aspiro novamente.

Tudo que eu quero é parar de me sentir tão pequena e indefesa. Quero ser indestrutível, mesmo que por apenas uma hora.

— O que você fez? — Raí está à porta. Seus olhos esbugalhados fazem meu coração acelerar de novo.

— Relaxa, Raí. Só peguei um pouquinho. — Sorrio. — Aposto que, além de vender, você já cheirou coca em algum momento.

— Cris, isso não é coca — ele se aproxima, fecha o saquinho e o guarda de volta no pacote.

— Então o que é? — Começo a suar frio.

— Isso é cristal. — Ele respira fundo. — Caralho, Cris. Se você tivesse me falado. O efeito da coca passa em pouco tempo, mas isso aqui... Isso aqui pode levar dias.

— Vamos dançar? — Eu sorrio.

Estou sentindo toda essa energia, e as dores foram embora também. Minhas coxas estavam doendo, agora estão ótimas. Meu coração estava apertado, agora... não tenho coração.

Raí só fica parado à minha frente por um instante, boca semiaberta, e diz:

— Se vou passar por isso com você, quero fazer direito. — Ele tira o saquinho de dentro do pacote e enfia o dedo dentro dele.

Coloco Ed Sheeran para tocar e dançamos girando, girando e girando. Às vezes, estamos dançando, outra hora estamos nos beijando ou transando. Às vezes, estou por baixo e de repente estou por cima.

Podemos fazer o que quisermos, pelo tempo que quisermos.

Demônio

No meu colo, está uma caixa de ovos, que são todos os que consegui encontrar em minha casa.

Um cigarro vai queimando, preso à boca do Raí, enquanto ele dirige. Pego o cigarro dele e dou uma tragada.

— Onde viro, mesmo? — Raí pergunta.

— Na próxima esquina à esquerda.

A rua está bem escura, o que deixa tudo mais excitante.

Raí desembesta a rir.

— Eu já estive aqui — ele diz.

Descemos do carro e começamos a jogar os ovos. A princípio, no carro do Daniel, parado na rua, depois no portão da casa.

Os ovos acabam, então pego minha chave e risco ESTUPRADOR na porta do carro. Isso me deixa muito animada.

— E se a gente entrasse na casa? — Raí pergunta, sorrindo, seus olhos esbugalhados. — Fiquei com vontade de visitar a cozinha, pegar uns legumes e experimentar no cu desse Daniel.

Caminho até ele e dou um tapa em seu rosto.

Vejo sua expressão mudar. Enxergo o demônio que vive ali dentro. Diferente da carranca. É o rosto dele e ao mesmo tempo não é. Então ele desaparece, diluído no sorriso do Raí. Talvez minha sina seja me apaixonar por demônios.

Estamos dentro do carro transando de novo. Ligo o rádio e aumento o som. Está tocando Nirvana.

Não percebemos as luzes da casa se acenderem até alguém abrir a porta da casa e gritar: "QUE PORRA É ESSA?".

Raí salta para o banco da frente só de cueca, dá partida no carro e partimos em meio a risadas.

Círculos

Pular a cerca do Parque Bom Clima não é difícil.

Eu caio e saio rolando do outro lado, esfolando meu joelho, mas não sinto nada além de excitação. Raí começa a correr e vou atrás.

É inevitável transar sobre o gramado. Sinto um tesão incontrolável por estarmos completamente nus no meio do parque. Depois, vestimos as roupas de baixo e caminhamos até encontrar a parte do gramado em que está escrito o nome da cidade. "GUARULHOS."

Raí faz xixi sobre a letra "O" enquanto eu corro em círculos.

Círculos são bons, porque não acabam.

Sentir amor

Nossas roupas forram o gramado para deitarmos, mas deixo a cabeça para fora, porque gosto de sentir o cheiro da grama.

— Você me ama? — pergunto.

— Não — Raí responde.

— *"Lua de cristal / Que me faz sonhar / Faz de mim estrela / Que eu já sei brilhar."**

— É bonito. De quem é?

— Clarice Lispector — respondo e começo a rir.

— Por que você está rindo? — Raí sussurra.

— Eu estou rindo, Raí, porque nunca me senti tão bem em toda a minha vida — sussurro.

— Não é sua culpa.

---

*. "Lua de Cristal", Michael Sullivan, Paulo Massadas; Som Livre, 1990.

— Eu sei que não é.

— Que eu não te ame, eu digo. — Ele se senta e olha em direção à lua.

— Relaxa. Eu também não te amo. A gente acabou de se conhecer.

— Acho que não sou capaz de sentir — ele diz olhando para mim.

— Sentir o quê?

— Sentir amor.

— Nunca?

Raí salta e se debruça sobre mim.

— Às vezes. Mas só por quem eu não devo. — Ele puxa meu cabelo para trás enquanto dá pequenas mordidas em meu pescoço.

Boiando na piscina

Compramos vodca barata na loja de conveniência do primeiro posto vinte e quatro horas que encontramos. Bebo no gargalo. Estou molhada e nua, deitada no chão. Está escuro.

O céu está nublado, então não dá para ver as estrelas. Mas dá para ver a lua. Eu preciso ser a minha própria estrela. É assim que funciona. Tudo caminha em círculos. Até a lua. E não acaba nunca.

Tudo fica claro, tão claro que fica difícil enxergar.

— Tudo livre, senhorita Bianca. Só a sua amiga está aqui — diz uma voz tão grave, que não se repete.

— Tudo bem, Matias. Obrigada! — diz uma voz aguda, alerta e suave ao mesmo tempo.

Enxergo o borrão sobre mim que gira, gira, gira e vira a Bianca.

— Cris? — ela pergunta.

— Bia, você está linda — digo respeitosamente.

— Senhorita Bianca, tem alguém boiando na piscina.

Olho para o lado e vejo a bunda do Raí para cima, na superfície da água. É uma bunda bonita, eu deveria dizer para ele. Bianca corre para a borda da piscina.

Matias pula de terno e tudo. Carrega Raí até a borda e começa a fazer pressão sobre seu peito. Sai água da boca do Raí.

Mais um final feliz.

Pouco depois, Raí senta e olha para mim.

— Rindo de novo? — ele sussurra, meio rouco.

Ele ri também.

Antídoto

Começamos a sentir muito frio depois da brincadeira na piscina, então Bianca nos dá roupas secas e uma manta para cada um.

— Está ficando chato aqui — digo, enquanto patino de meias pelo chão liso.

Raí faz flexões, enquanto Bianca o observa.

— Esperava que você fosse mais responsável depois da última vez — ela diz.

— Eu sou o Raí, eu sou incontrolável, eu sou um perigo para mim e para os outros — ele diz monotonamente, sem parar as flexões.

— Você não precisa repetir as palavras da sua mãe. — Bianca suspira. — Quem deu essa merda pra vocês?

— O velho barbudo — respondo.

— Aquele puto do Raul — diz Bianca. — Eu já disse que não vou vender essa merda.

Raí começa a rir e se deita no chão com a barriga para cima.

— Chega de enrolar. Matias, traz duas garrafinhas de água, por favor. — Bianca destaca um comprimido de uma cartela e dá a Raí, que engole sem rodeio.

Vou patinando até eles enquanto Matias chega com as garrafas de água. Não havia notado como eu estava com sede. Tomo toda a água mesmo depois de engolir o comprimido.

— O que é isso? — pergunto.

— Antídoto — ela responde, se joga de costas sobre o pufe e suspira novamente.

Depois de patinar por todo o piso de mármore, cruzar o de madeira e voltar, começo a me sentir sonolenta.

Procuro Raí e vejo que ele está dormindo sobre o grande sofá. Penso em ir até ele, mas Bianca pega em minha mão e me leva até o quarto dela. Ao deitarmos, pego o braço dela e passo por cima de mim. Ela não tira.

Azul

Eu e Raí estamos de volta ao armazém. O homem barbudo caminha até o vidro do carro, diz: "Vocês esqueceram uma coisinha", levanta um revólver e puxa o gatilho.

Acordo ensopada de suor. Olho para o lado e Bianca está ali, de olhos abertos, olhando para mim. Viro para o lado e fecho os olhos novamente.

Eu e Raí estamos fazendo sexo no banco de trás do carro, banhados em tinta preta. Meu pai surge no banco do motorista.

— Querem mais uma mão aí? — ele pergunta.

— Você não é a minha mãe.

— Eu sou sua mãe — diz Bianca, que aparece no lugar de Raí.

Corro para fora do carro e estou sobre um extenso gramado. Encontro o letreiro de Guarulhos, mas todas as letras são círculos, "OOOOOOOOO".

Meu professor de Filosofia está fazendo xixi no terceiro "O".

— Por que a verdade da sua alma é preta e branca? — ele pergunta.

— Eu não tinha percebido tamanha monocromia — respondo.

— Seu enunciado me leva a crer que existe cor, mas ela está escondida. — Ele termina de balançar e fecha o zíper.

— Escondida onde?

— No Círculo de Viena, um estudante matou seu professor. Você vai me matar também? — Agora, é Daniel que está no lugar do professor.

— Você não devia estar aqui — digo.

— Eu só quero conversar — ele responde. — Abaixa essa arma.

Percebo que tenho um revólver engatilhado em minha mão.

— Não posso — respondo, vendo seu rosto se transformar em uma carranca vermelha.

Aperto o gatilho e ele cai com um buraco enorme na testa.

Um Camaro amarelo para ao meu lado, quebrando o cinza da paisagem. Bianca desce dele, bate a porta e acende um cigarro.

— Uma vida se perde, outra se ganha. — Ela expira fumaça pela boca.

— O que isso quer dizer?

Bianca se aproxima e toca em minha barriga.

— É uma menina — ela sorri.

Acordo dentro de uma banheira cheia de água. Como vim parar aqui?

— Cris, posso entrar? — Ouço a voz da Bianca pela porta.

— Sim — digo rouca, e corrijo: — Sim!

Bianca entra com toalhas e se senta ao lado da banheira, no chão.

— Querida, escuta bem, porque isso é importante — ela diz.

— Certo.

— O Universo é simétrico. Assim como a soma dos ângulos de um triângulo dá cento e oitenta graus, a soma de todas as almas neste cosmos dá sempre o mesmo valor.

— O que isso quer dizer?

— Olha bem para mim.

Quando encaro seus olhos, vejo azul, o azul perfeito do mundo das ideias, que tentamos sempre copiar. Meu coração amolece e se dissolve em lágrimas.

Ela passa a mão em meu cabelo no mesmo padrão de círculos que sempre usava, começando pelo topo. Eu já havia me esquecido disso.

— Filha, você carrega vida dentro de si.

Olho para a minha barriga e noto que ela está muito maior que antes. Sinto o coração da criança bater. Vejo também que um líquido com as cores do arco-íris escapa pela minha vagina e deixa a água colorida.

— Mãe... é você mesmo?

— Você tentou me calar, não é? — Ela ri. — Escute. Enquanto você cria, o pai dessa criança destrói. Se der tempo ao tempo, será o fim de todos vocês.

— O que você quer que eu faça? — Minha voz sai aguda e rouca.

— Decida. A vida dele ou a da criança. Você precisa fazer isso antes que todo o líquido escorra — minha mãe diz, então se levanta e abre a porta do banheiro.

— Não vai embora — sussurro. Mais lágrimas escorrem.

— Nos veremos em breve. Ou não — ela fala e me manda um beijo assoprado com a mão.

Destino

Sei exatamente o que fazer. Caminho descalça pela casa, vestindo apenas um roupão.

Abro armários e gavetas devagar, procurando por uma faca afiada. Pego a maior que consigo encontrar.

Caminho até o grande sofá da sala, mas Raí não está ali.

Encontro um corredor que nunca visitei antes. Espio por uma porta aberta e desconfio que esta é a área dos quartos de hóspedes. São cinco portas, mas apenas a do final do corredor está fechada.

Giro a maçaneta devagar e entro no quarto na ponta dos pés. Escuto a respiração de Raí e determino onde ele está, apesar da escuridão.

Esse é o meu destino, então, não posso errar. Levo a faca até o alto com as duas mãos e salto sobre a cama, descendo os braços com toda a força.

Erro. A faca perfura o colchão.

As mãos de Raí encontram meu pescoço. Não consigo respirar.

As luzes se acendem e vejo o demônio completamente acordado em Raí. Seus olhos não têm luz e não mostram piedade, mesmo agora que ele sabe que sou eu ali, e ele continua sorrindo, porque sente prazer em me esganar.

Tento acertar seu rosto, arrancar aqueles olhos angustiantes, mas os braços de Raí são muito mais longos que os meus, e ele me empurra ao máximo de sua extensão. Lágrimas descem pelos meus olhos, enquanto me debato, porque não é meu destino morrer aqui.

Então, caio sobre a cama e posso respirar novamente. O braço de Matias nos separa. Ele diz alguma coisa, mas não consigo entender, porque estou tossindo muito.

Sinto minhas pernas úmidas. Me levanto para ir ao banheiro, mas meu coração está tão apertado agora que parece que vou morrer. Caio novamente, desta vez no chão, e não consigo parar de soluçar com as lágrimas que chegam.

O líquido escorrendo em minhas pernas é vermelho.

— Mãe, me desculpa, mãe, me desculpa — soluço, tentando pegar o líquido que escorre pelo piso.

PARTE 2

Raí

Conversar durante o sexo

A luz azulada do quarto dá um aspecto artificial à imagem que enxergo pela tela da câmera. E se eu colocar uma musiquinha aqui para dar uma animada?

Começo a gravar.

— Sabe, Daniel, eu consigo entender sua motivação. — Daniel está completamente nu, deitado de bruços e tem braços e pernas abertos, bem amarrados sobre a cama. — Todos esses dias em que a Cris vem me ignorando pelo celular me deram vontade de liberar minha frustração em alguém, se é que você me entende. — Termino de enquadrar a imagem.

— Mmmmmf-fffff-hm-hm — murmura Daniel por trás da fita presa à sua boca. Acho que o efeito do GHB está passando.

Dou um tapa na bunda dele quando passo ao seu lado para ligar o som. Encontro uma rádio de R&B.

— Você malha tudo mesmo, hein? — elogio.

Acho esses garotos de academia um pouco entediantes, então sempre dou preferência para pessoas que parecem mais sensíveis do que disciplinadas. Agora, com ele aqui na minha frente, consigo entender um pouco o apelo.

— A diferença entre nós — agacho e aponto o dedo indicador para a minha cabeça —, é que eu sou inteligente.

Tiro minha cueca e monto em cima de Daniel em meio a murmúrios e ganidos cada vez mais altos. Ele é todo depilado, o que pinica um pouco.

— Veja bem, Dani. Posso te chamar de Dani? Eu te estudei por algum tempo. Eu vou te comer agora! — Mais ganidos. — E você vai ser um garoto bem bonzinho, porque senão eu vou perder o tesão e você vai conhecer meu amigo, o senhor abacaxi.

Visto a camisinha e passo bastante lubrificante.

— E agora chega de conversa. Sabe, Dani, eu não sou do tipo que gosta de conversar durante o sexo.

Quando entro em Daniel, ele solta o maior ganido da noite. Ele sente tudo, cada estocada. Sei que cada investida é uma martelada em seu ego de macho alfa.

Eu.

Eu não sinto nada.

Nada.

"Stupid boy"

Vejo Bernardo se aproximar desde a esquina, usando uma camisa polo. Ele fica especialmente adorável de polo. Entramos no clube.

Dou mais uma cheirada em um vidro de *poppers* quando o DJ coloca "Stupid Boy", do T. Mills*. As luzes ficam intensas e sinto meu coração acompanhar a batida da música.

---

*. "Stupid Boy", Khris Lorenz, T. Mills; Uprising Records, 2010.

Quero pegar alguém, mas só vejo rostos conhecidos ao redor. Assim não tem graça. Ou tem?

Vejo Bernardo dançando timidamente ao meu lado. Começo a sorrir. Bem, ele está mesmo especialmente adorável hoje.

Fico de frente para ele, olho em seus olhos, vejo os *lasers* refletidos em sua retina, me aproximo e ele desvia o rosto e se afasta.

Uma mão puxa bruscamente meu ombro por trás. Estou irritado, por isso, dou um soco e derrubo o rapaz que encontro ao me virar. Minha mão direita em riste, pronta para mais uma pancada.

— Eu só quero comprar — o rapaz diz, colocando as mãos abertas na frente do rosto.

— Um pino é cinquenta — respondo, abaixando o braço.

Puff

Encontro Bernardo caminhando pela avenida principal e diminuo a velocidade.

— Entra! — grito para ele ao abaixar o vidro.

Bernardo só acena para mim, sem virar o olhar.

— Qual o problema? — Eu rio. — Achei que você queria me beijar!

— Quer gritar pra Guarulhos inteira saber? — Ele cobre o rosto com as mãos.

— Be, olha aqui. Você... Você está tipo apaixonado por mim? — pergunto com a voz mais baixa. Ele para de andar.

Escuto ele murmurar algo consigo mesmo, então o vejo dar uma volta sem sair do lugar e entrar no carro.

— Você não pode fazer isso — ele diz. Percebo que seus olhos estão marejados.

— Eu...

— Às vezes, tenho essa impressão de que você gosta de mim — ele me encara. — Isso. Gosta, *gosta*, mesmo. Mas aí, quando eu vejo, você já está ficando com uma garota qualquer, diz que está empolgado, e eu fico como?

Ficamos em silêncio. Ele olha para as mãos, eu também olho para as mãos dele, sobre seu colo. Eu tiro o cinto e suspiro, então ele levanta o olhar para mim. Eu o encaro de volta.

— Eu não quero magoar você, Be — eu digo.

— Como assim?

— Eu te amo. Você é meu melhor amigo. A gente se conhece desde os nove anos.

— Mas...? — ele pergunta, desviando o olhar.

— Mas eu não quero ser exclusivo de ninguém, você sabe disso.

— E se... — Ele me encara de novo. — E se eu disser que não preciso ser exclusivo, que eu só preciso de prioridade?

— Eu diria que você está mentindo. — Eu sorrio.

— Talvez. — Ele se aproxima e sussurra: — Mas eu preciso de você.

— Você sempre foi minha prioridade.

Nossos olhos se encontram bem próximos. Olho para os lábios rosados dele e para os olhos novamente. Ele acompanha meu olhar. Dou um selinho, ele retribui. Sinto seu cheiro doce. Nos beijamos e sinto a textura da língua dele na minha.

Bagunço seu cabelo e ele coloca a mão por baixo da minha camiseta. Estamos ofegantes, então ele se afasta alguns centímetros e olha para mim.

— Vamos para a sua casa? — ele pergunta.

Ligo o motor e começo a dirigir.

Primeira vez

Ao me aproximar de casa, vejo uma pessoa sentada na calçada com a cabeça coberta por um capuz. Deixo o carro no ponto morto e já vou levando a mão direita para o banco de trás, onde guardo meu taco de beisebol.

A figura se levanta e posso ver seus olhos brilhando à luz dos faróis.

— Cris?

Entramos em casa e subimos as escadas no escuro, para não acordar alguém.

Abro a gaveta da minha mesa e pego um *beck* já bolado lá de dentro.

— Me ajudem a trazer as esteiras para a varanda — digo.

Cris já está sentada em uma das esteiras que montamos, mas eu prefiro prender a rede no gancho e deitar nela enquanto acendo o isqueiro. Bernardo fica de pé por um instante, olhando para as opções, antes de decidir se sentar na esteira também.

— E essa gripe nova, hein? — diz Bernardo monotonamente.

— Dizem que a vacina transforma as pessoas em zumbis — comenta Cris.

Dou risada enquanto passo o *beck* para ela.

— Querem mesmo falar disso?

— Prefere política? — Ela ri.

— Prefiro falar sobre você. — Olho para Bernardo. — E sobre você. E sobre a Bianca.

— Raí — ela dá uma tragada e expira —, depois que você foi embora, as coisas ficaram confusas por uns dias. A Bianca chamou um médico, meu pai também foi lá me ver.

Ela passa o *beck* para Bernardo.

— E descobriu o que aconteceu com você? — Olho para o céu. Dá para ver algumas estrelas por trás das nuvens.

— Você acredita em vidência, tarô, essas coisas? — Ela abaixa a voz e me encara com a cabeça erguida.

Dou risada, enquanto pego o *beck* novamente.

— Mas... quê?

— Você já está rindo. Não quero falar sobre isso.

— Prometo não rir. — Dou uma tragada.

— Eu... Olha, minha mãe era vidente. — Ela dá de ombros. — Ela se recusou a fazer quimioterapia quando detectou o câncer, porque *sabia* que não ia fazer diferença. Exceto que ela não sabia porra nenhuma. Quando decidiu fazer o tratamento, era tarde demais.

— Sinto muito, Cris — diz Bernardo.

— Tudo bem. Eu não fico mais triste pensando sobre isso. — Ela pega o *beck* e traga. — Não muito, pelo menos. Na real, desde que eu cresci, odiei que minha mãe ganhasse a vida enganando os outros, principalmente a mim.

Ela faz silêncio, levanta e se debruça sobre a bancada.

— Mas eu tive um sonho aquele dia, e pareceu tão real... — Ela dá uma risada breve. — Achei que talvez minha mãe estivesse certa o tempo todo. Eu *queria* acreditar. Então... me desculpa.

— Tudo bem. — Eu a encaro, aponto o dedo para ela e rio. — Desde que você não esteja falando isso só pra eu relaxar e aí *zap*, você me dá uma facada.

— Você é um cretino. — Ela ri.

— Mas por que você veio parar aqui? — pergunta Bernardo, que pega o *beck*.

— Ah, pedi pra Bia me trazer. Não me sentia confortável lá quando vocês não estavam.

— Por que não? — Ele traga.

Cristina alterna o olhar entre nós dois.

— Eu tive outro sonho.

Ficamos em silêncio, olhando para ela. Olhamos um para o outro. Caímos na risada. Bernardo abraça a barriga.

— Parem de rir — ela diz. — Foi só um sonho. Um sonho... que me deixou desconfortável.

— Agora fiquei curioso — eu digo.

— Quando o Be estava por lá, ele e a Bia... — Ela coça a cabeça. — Quer dizer...

— O quê? — pergunto.

— Tudo bem, Cris — diz Bernardo, desviando o olhar. — A gente se pegava... de vez em quando.

— Você e a minha prima? — Dou risada. — Como eu não vi isso?

— Você sempre estava ocupado. — Bernardo me encara.

— E eu estava de boa — diz Cris. — Mas na última vez que ele foi embora, eu cochilei perto da piscina e *pá*, uma imagem veio na minha cabeça. A piscina não era mais uma piscina, era um lago enorme, e eu estava tipo... transando com ela.

Encaramos a Cris em silêncio.

— Depois disso, não consegui mais enxergar a Bia do mesmo jeito. — Ela aperta os olhos.

— Se joga, Cris! — Bernardo sorri.

— Ei, eu não sou lésbica — ela diz cabisbaixa, e aí levanta o olhar. — Acho que se eu fosse, eu saberia... né?

— Tá, mas por que você decidiu vir aqui? — pergunto.

Bernardo oferece o *beck* para Cris, mas ela passa direto e se aproxima da rede.

— Pra ser sincera — ela morde os lábios inferiores —, eu queria ver se ainda gosto de você... quando não estamos tentando nos matar.

Só consigo pensar em como a Cristina é linda enquanto ela abre o botão da minha calça jeans e puxa o zíper, passando a mão sobre meu membro para frente e para trás.

Beijar a Cristina ainda é divertido.

Bernardo se levanta da esteira e vira as costas para sair da varanda, então seguro seu braço e o puxo para a rede. Seu olhar não me diz nada, porque é de expectativa. Eu sou o rei da varanda.

Puxo ele mais para perto e o beijo também. Ele retribui novamente, o que deixa minha cueca apertada.

— Mas que porra...? — diz Cristina.

Afasto a cabeça e faço sinal de que quero que eles se beijem. É libertador. Ciúme não combina comigo. Termino de tirar minha calça e a largo no chão a caminho da cama. Cristina começa a se despir e vejo que Bernardo está parado me observando, então desabotoo sua calça e a puxo para baixo junto com a cueca. Ele geme quando começo a chupá-lo. Abro uma camisinha no dente e vou para cima da Cristina, enquanto Bernardo me beija. Então eu saio e ele continua com ela, enquanto eu entro nele pela primeira vez.

Adoro primeiras vezes.

Nunca havia reparado que os pelos na bunda dele são como uma penugem macia, e descubro que nosso encaixe é perfeito. Ele precisa parar de se movimentar no começo, mas, assim que se acostuma, nos tornamos um.

Enquanto estamos sincronizados, é como se eu pudesse abrir uma fresta para espiar o que eles sentem, o que eles pensam. Quero que este momento dure para sempre. Por um segundo, sou imortal.

Sujando as mãos

Acordo com o som de passos. Estou na cama, o quarto está escuro, mas vejo tudo sob uma luz azulada. Olho na direção do barulho.

Bernardo sorri em silêncio, sentado em uma cadeira, enquanto Cristina, agachada, fatia a barriga dele e olha para mim.

— Eu queria saber como é por dentro — ela diz.

Levanto em um salto e aperto seu pescoço, levando-a ao chão. Seu rosto continua inexpressivo, como se ela esperasse que eu fizesse isso, até que seus olhos azuis se tornam opacos e eu sei que ela está morta.

— Você precisa escrever algo — diz Bernardo apontando para a parede atrás da cama, que agora está preta.

— Parece que faz anos que eu pintei isso — respondo.

— Ela só queria sentir alguma coisa, assim como você.

— Você tem razão. Todo mundo precisa sujar as mãos em algum momento — digo enquanto desenho um coração na parede. Só então percebo que estou usando o sangue de Bernardo.

— Olha, é a sua cor favorita. — Ele sorri.

Meu coração acelera. Abro os olhos ainda nublados de sono. É cedo. O ar está frio, mas o corpo de Bernardo está quente ao meu lado.

Olho para os lados, procurando pela Cris.

— Precisamos levantar? — Bernardo pergunta com a voz abafada pelo travesseiro.

— Ainda não — respondo e o abraço por trás.

Ao beijar sua cabeça, começo a achar a situação muito divertida. Muitas vezes dividimos a mesma cama, e eu cheguei a abraçá-lo antes, mas nunca tinha beijado sua cabeça. Nem esperado ele se virar para beijar a boca.

— A gente precisa escovar os dentes. — Começo a rir.

Cinquenta mil

Minha cozinha inteira é decorada com peças do Romero Britto.

— Mãe, quando é que eu vou poder mudar esses azulejos? — pergunto quando eu e Bernardo descemos as escadas.

— No dia em que eu for enterrada — ela diz com a testa franzida. — E esse vai ser o dia em que você vai morrer de fome.

— Eu sei pedir *delivery*. — Dou de ombros enquanto me sento. A toalha de mesa também é decorada.

— Puro veneno. — Ela anda de um lado para o outro, enchendo a mesa com comida. — Agora, me explica uma coisa. Como é que mais cedo me desce uma menina, e agora vêm vocês dois também? Vai dizer que ela estava no quarto do Max, é?

Ouço passos vindos da escada. Max vem descendo com sua câmera grudada na cara e segurando um envelope com o braço esquerdo esticado na frente dela.

Max parece uma versão menor e mais magra de mim mesmo, exceto pelo nariz redondo que puxou da mãe e essa franja na testa.

— O que é isso? — Sorrio quando ele me entrega o envelope.

— Abre! — ele diz, sem tirar o olho da câmera.

Abro o envelope e é uma carta feita com letras recortadas. Diz: "Obrigado pela câmera. De: Max e seus cinquenta mil inscritos".

— Cinquenta mil? Caralho! Faz o que, seis meses que te dei de presente? — De repente, tenho uma ideia. — Ei, Max, filma isso pra aumentar a audiência!

Eu me levanto e beijo Bernardo, segurando as costas dele para fazermos uma curva dramática para trás.

— Olha a putaria na minha casa! — grita minha mãe.

— A casa é minha! — grito de volta.

Minha mãe se afasta e começa a murmurar algo que não consigo ouvir enquanto damos risada.

Talento natural

A aula vai começar e a cadeira ao meu lado continua vazia, então tiro minha mochila dela e só observo quando alguém se senta ali. Se Bernardo repara nisso, pelo menos não diz nada.

O professor José não consegue ficar parado na cadeira enquanto fala, me distraindo com o reflexo da luz em sua careca. Tento prestar atenção mesmo assim.

— E assim sendo — diz o professor —, enquanto para os gregos a melhor vida era aquela em que a pessoa se dedicava ao seu talento natural, para Jesus a melhor vida era a de entrega, em que você se dedicava ao próximo. Na próxima aula, falaremos de Espinoza.

Enquanto caminho para o carro, reflito sobre o que o professor falou.

— Raí, você está bem? — pergunta Bernardo, que se senta na frente.

— Suave.

— Não convenceu — diz ele.

— É só que eu não sei qual é o meu talento natural — explico. — Fico pensando se esse é o meu problema.

— Seu talento deve ser cuidar das pessoas — diz Bernardo. — Você fica o tempo todo dizendo que cuida de mim.

— Mas isso é bem estranho, porque eu sou péssimo em cuidar de você.

Damos risada, depois nos abraçamos e ele me beija. Eu o beijo de volta sem me importar com os olhares ao redor.

Negociação

Deixo Bernardo em casa e vou até o armazém.

De fora, parece uma loja comum. Deve ser a loja de cervejas artesanais que mais fatura em todo o estado.

— Chama o Raul — digo ao garoto no balcão.

Ele só me encara enquanto masca um palito de dente pela metade. Suspiro. Ele quer a senha.

— Me traz uma cerveja trapista de Portugal — digo.

— Portugal não tem cervejarias trapistas — ele responde monotonamente.

— Então me traz o caralho do mestre cervejeiro. — Eu me debruço sobre o balcão. O garoto some pela porta interna.

Passo os olhos pelas cervejas enquanto espero. Talvez um dia eu venha realmente comprar cerveja.

Ouço o barulho da porta. O garoto volta ao balcão.

— Pode entrar.

Caminho pelo corredor até a sala de Raul e entro sem bater. Daniel está sentado na cadeira dele. Sorrio.

— Eu devia meter uma bala na sua cabeça — diz Daniel, afinando a voz no final da frase. — Ninguém ia saber.

— Ah, Dani, você é burro demais — respondo enquanto me sento do outro lado da mesa. — Acha que eu vim até aqui sem garantia? Sem ninguém saber onde eu estou? E tem mais: aposto cinquentinha que consigo quebrar seus dedos antes de você alcançar esse revólver preso com fita embaixo da mesa.

— O que você quer? — Posso ver um leve tremor em seus lábios. Ele seca as mãos na camisa.

— Cadê o Raul?

— Foi pra Europa. Você sabia que ele é meu tio?

— Claro que sim. — Sorrio. — E ele sabe que você está na mesa dele, bancando o traficante?

Ele desvia o olhar.

— Então vamos brincar de faz de conta. — Bato a mão sobre a mesa. — Eu finjo que você é o Raul e você me entrega o pedido. Ninguém sai ferido.

Ele rosna e me encara.

— Só me diz pra que você fez tudo aquilo. Não posso acreditar que seja só por causa da vaca da Cris. — Ele coça a testa onde está a marca de cigarro.

Não respondo.

— Você é um louco pervertido. — A perna direita dele começa a tremer. — Eu estava no meu direito com ela. Você não pode simplesmente abandonar alguém do jeito que ela fez.

— Eu preciso de cristal. Cem gramas pra fazer um teste.

Ele suspira.

— Você sabe que o mínimo é um quilo — Daniel batuca os dedos sobre a mesa. — Você leva o pacote e a Bianca acerta no final do mês.

— Não. Esse eu vou pagar em espécie. — Jogo um maço de notas sobre a mesa, sem tirar os olhos de Daniel.

Daniel me observa por um instante, se reclina na cadeira e sorri, mas sem perder o tremor nos lábios.

— Tenho uma ideia melhor. Você entrega o cartão que usou pra gravar nosso filme, me garante que se livrou das cópias, e os cem gramas são seus. — Uma gota de suor escorre pela testa dele. — E não conto pra Bianca sobre seu pequeno negócio paralelo.

— Isso é uma ameaça? — Sorrio.

— É só uma negociação. — Ele desfaz o sorriso e seca as mãos novamente.

Pego meu dinheiro de volta, guardo no bolso e retiro um cartão de memória de lá.

— Cadê meu pacote? — pergunto, enquanto brinco de passar o cartão entre os dedos.

— Você anda com isso por aí? — Ouço sua perna tremer novamente.

— Sou um cara prevenido.

— Como vou saber que você vai se livrar das cópias?

— Vai ser um exercício de confiança.

Ele se levanta para ir até o estoque. Tiro um papel do bolso e entrego a ele assim que passa por mim.

— E esse é o pedido oficial para o Paradise. — Sorrio.

Cara fechada

— Meu salvador! — grita Cristina assim que me vê entrando na sala de estar da Bianca. Ela levanta do pufe e vem em minha direção com um sorriso no rosto.

— Então foi pra cá que você veio? — pergunto. Bianca também se levanta, mas me recebe de cara fechada.

Cristina me abraça e me dá um beijo no rosto, sem se afastar.

— Trouxe o produto? — Bianca pergunta.

— Sim. — Levanto o pacote. — Tá na mão.

— Pode deixar em cima da mesa. Você deve estar querendo ir para casa, não?

Olho para Cristina, que não dá sinal de me soltar, então volto para Bianca, que não tira o olhar de Cristina.

— Tem razão. — Caminho até a mesa, seguido de perto por Cristina. — Acho que vou embora.

— Antes de você ir, eu queria te mostrar uma coisa no meu quarto! — diz Cristina.

Bianca murmura algo e sai andando em direção à cozinha, sem fazer contato visual.

Alegria

Percebo que minha mente está viajando desde que o professor falou sobre Espinoza ter nascido em Amsterdã. Será que está muito frio na Europa agora?

O professor continua.

— Por exemplo, vamos supor que sua potência de agir esteja baixa. Você não sente vontade de fazer nada, não quer nem sair da cama. Então tocam a sua campainha, você abre a porta e lá está algo ou alguém que aumenta a sua potência de agir. Agora, você se sente animado, cheio de ideias, com vontade de fazer uma série de atividades. Essa passagem de potência menor para uma potência maior é o que Espinoza vai chamar de alegria.

Faço uma breve anotação no meu exemplar de Ética, livro que estamos usando para a aula.

— Quero que pensem durante o dia: o que é que estaria do outro lado da porta para cada um de vocês?

Caminho até o carro em silêncio. Bernardo me acompanha falando sem parar:

— Sei que a gente acabou de começar, mas já fico pensando sobre meu TCC e sobre como fazer meu mestrado. A partir do ano que vem a Federal vai oferecer bolsa, então eu poderia continuar morando com meus pais até acabar. O que você acha?

— Be, por que a gente não vai pro aeroporto e janta em Amsterdã? — Abro a porta do carro e entro.

— Raí, para de ser besta. — Ele sorri. — A gente acabou de começar as aulas e você já quer faltar o quê? Uma semana?

— Não quero passar uma semana em Amsterdã. — Saio do carro e pego na mão de Bernardo. — Quero que a gente simplesmente viaje, viaje sem rumo, conhecendo lugares novos. Só nós dois.

— E abandonar a minha vida assim, do nada? — Ele franze a testa. — Achei que você me entendesse. Pra ser sincero, eu ainda estou pensando sobre esse nosso lance.

— Pensando no quê?

— Não vou dizer que aquele dia foi ruim. — Ele olha para os lados e sussurra: — Fazer a três com você e a Cris. Mas fiquei a noite inteira pensando em como eu queria que fôssemos só eu e você naquela cama.

— Você não precisa participar de nada assim se não quiser. — Toco o rosto dele.

— Raí, parece que você não entende. Como é que eu fico quando você resolver trepar com uma holandesa ou com um italiano? — Ele se afasta. — Responde uma coisa, você tem visto a Cristina?

— O quê?

— Você trepou com a Cristina depois daquele dia? — ele sussurra.

— Eu fui na casa da Bia e ela estava lá — Bernardo desvia o olhar. — Ei, foi uma coincidência. Não é como se eu tivesse planejado.

Bernardo não responde.

— Foi você que disse que exclusividade não era tão importante — falo mais alto do que eu planejava.

— Parece que eu me enganei — ele responde baixo. Bernardo pega o celular e vê o horário.

— É você que está do outro lado da porta — sussurro.

— O quê? — Ele levanta o olhar para mim.

— É você que me anima e me dá vontade de viver neste mundo de merda. — Pego nas mãos dele. — Você não se tocou que eu só entrei nessa faculdade por sua causa?

— Mas eu entrei por mim mesmo. — Bernardo solta minhas mãos e se afasta em direção ao prédio da faculdade.

Saltos e aterrissagens

Escolho as minhas peças de roupa para que pareçam bem aleatórias e ao mesmo tempo não me deixem com cara de palhaço. Minha camiseta diz *I love porn*. Pego as chaves do carro e saio do quarto.

— E então? — diz Max, só com a cabeça para fora do quarto.

— Então o quê? — sorrio.

— Você e o Bernardo são o novo OTP? — Ele ri.

— Eu nem sei que língua é essa. Você faz eu me sentir velho.

— Significa uma coisa em inglês que é tipo o casal ideal ou algo assim. — Max abre os braços devagar enquanto imita o som de uma explosão com a boca.

— Você já tem quinze anos, acho que posso mandar a real. Eu e o Be não estamos nos pegando há uns dois dias. — Encaro Max para ver sua reação.

— Ai — ele diz, colocando a mão na cabeça.

— Mas... ele prometeu aparecer na Paradise hoje, então vou fazer o possível pra não chegarmos no terceiro dia, porque a cada dia que eu fico sem poder beijar a boca dele parece que...

— OK, informação demais pra mim! — Max entra de volta em seu quarto e eu dou risada.

Espero Bernardo na porta do clube, ao lado do segurança. Ele caminha em minha direção transmitindo uma energia nada adorável. Não é bom sinal.

— E aí, Be? — Tento roubar um beijo, mas ele desvia e me beija no rosto.

Nos encaramos por um instante e ele entra antes que eu consiga pensar em algo inteligente para dizer. Talvez tenha sido bom, porque preciso me concentrar no trabalho. A questão do beijo vai ficar para mais tarde.

Não posso deixar de vender a "branquinha", mas preciso empurrar cristal para alguns dos meus regulares e ver o que acontece.

Existem lugares certos para fazer isso sem chamar muita atenção. Cantos escuros, pontos estratégicos na pista, nos quais posso negociar tranquilamente sem irritar os caretas.

Troco alguns olhares e fico a postos.

— Meu rei, acho que vou pegar dois pinos hoje pra fazer refil pra mais tarde — diz um.

— Já ouviu falar de MD? — Sorrio.

As vendas acabam sendo mais fáceis do que eu esperava. Todo mundo só quer sentir alguma coisa.

É o que todos buscam. É o que eu busco.

Onde quer que eu vá, Bernardo aparece no meu campo de visão. Pegando uma garrafa de água, dançando, rindo ao lado de alguém que eu não conheço.

A fumaça vermelha saindo dos aparelhos me tira do transe. Olho para o DJ para ter certeza de que não é um alarme falso. Não seria a primeira vez. A expressão no rosto dele é inconfundível: a polícia está invadindo.

Corro até Bernardo e arrasto ele pela porta dos fundos. Quando estamos perto da escada de mão, a música para e escutamos gritos de ordem.

— Vamos precisar subir até o telhado e pular sobre a farmácia e o mercadinho pra chegar no meu carro — digo, começando a subir.

— Vai, Raí, você precisa ir. Eu não posso. Tenho medo de altura.

Não tenho tempo para discutir, então desço um degrau e roubo o beijo que eu queria. Ele ri.

— Corre.

Como pensei, a casa está cercada. Preciso ir atrás da caixa d'água e torcer para que ninguém me veja enquanto salto para a laje da farmácia.

Um já foi. Próximo.

Salto a distância perfeita para o mercadinho, mas meus pés escorregam na aterrissagem e sinto minha mão esfolar ao me segurar no parapeito. Olho para baixo e agradeço por não ter batido o queixo e caído com tudo. Provavelmente estaria morto.

Tudo isso. Todo esse nada. *Finito.*

As luzes dos carros policiais brilhando sob mim são incentivo suficiente para eu me arrastar para cima. Preciso de um minuto deitado para recuperar o fôlego. O céu está bastante nublado, o que é uma boa pedida para quem quer ser discreto durante uma fuga.

O segredo do mercadinho é que existe uma escada de mão que desce pelo parapeito até o depósito de lixo que eles mantêm na rua detrás. A escada não desce até o chão, mas vai até uma altura suficiente para eu me pendurar e pular sobre o lixo.

O cheiro de verdura podre é o cheiro da liberdade.

O velho

Paro o carro na esquina da casa de Bernardo.

Não posso dar bandeira perto do clube, mas mantenho o celular ligado caso ele precise de ajuda.

Quando desligo o ar-condicionado, o sono já está tomando conta de mim.

Acendo meu último cigarro, mas não consigo tragar. Reparo que acendi o filtro. Droga. Esvazio os bolsos e alterno o olhar entre a coca e o cristal. Guardo o cristal e pego uma tampinha de caneta, para improvisar uma carreira.

Agora, sim. Agora vou ficar acordado.

Ligo o som, e está tocando Bastille quando um carro se aproxima e para em frente à casa de Bernardo. Ele desce e abre o portão manual.

Desço do carro e aceno ao me aproximar.

— Be, você está bem?

Ele chia e acena para mim.

— Vai acordar os vizinhos — ele sussurra.

— Desculpa pelo encontro lixo. — Coloco minhas mãos na cabeça. — Prometo compensar isso. Eu pensei bem, e aceito fugir com você mesmo que seja só por um fim de semana. Mesmo que seja pra Praia Grande.

— Raí, você precisa parar com isso — ele rosna. — Eu não devia ter deixado as coisas chegarem até aqui, porque eu te conheço, sei como você é, mas mesmo assim fui burro e tive esperança de que você fosse mudar por mim.

— Eu não quero te perder. — Me aproximo, mas ele levanta a mão pedindo que eu pare. — Você não pode me culpar por ser quem eu sou.

— Bernardo, dá boa noite pro Raí e entra — diz o pai de Bernardo.

— Boa noite, senhor Luiz — engrosso a voz. — Só preciso de um minuto com seu filho.

Luiz se aproxima e, a cada passo, lembro por que tenho tanto desprezo pelo velho, com seus mocassins e shorts, sua boca com as extremidades sempre apontadas para baixo, os olhos vidrados e sem vida.

— O minuto acabou — ele diz. — Anda, Bernardo.

— Ele já vai — digo pausadamente, encarando o velho.

— Você está sujo aqui — ele diz com um sorriso que não chega aos olhos, se aproximando e apontando meu nariz.

Meu primeiro soco pega Luiz desprevenido, de canto no queixo, e ele cai. Rio. Quando parto para cima dele, o velho me chuta e eu caio para o lado. Ao me levantar, Bernardo aparece na minha frente, com o maxilar trêmulo e os olhos cheios de lágrimas.

— Por favor, Raí, vai embora — ele diz com a voz baixa e embargada.

Abaixo a guarda e suspiro.

— Qualquer coisa por você — sussurro e tento acariciar seu rosto, mas ele se afasta na direção do pai.

Caminho para o carro olhando para trás, e quando o velho olha para mim, aponto o dedo do meio para o céu.

— Se aparecer aqui de novo, eu chamo a polícia! — grita Luiz.

Bato a porta do carro e me olho no retrovisor. Limpo o nariz na manga da camisa.

Passaporte

Deixo o carro na rua e ando até meu quarto tentando não esbarrar em nada no escuro. Não escuto nenhum barulho antes de fechar a porta. Acendo a luz. Um calor insuportável cresce dentro de mim.

Derrubo os livros da faculdade de cima da mesa com uma braçada e abro a mochila. Jogo algumas cuecas e uma toalha lá dentro. Coloco também o desodorante e a escova de dentes. Cadê meu passaporte?

Reviro as gavetas e pastas de documentos. Encontro até minha reservista, mas nada do passaporte. Ouço a minha porta ranger.

— Raí, posso entrar? — sussurra Max.

— Entra logo. Estou procurando meu passaporte. — Deito no chão.

Ele caminha alguns passos e diz:

— Achei!

Na estante, entre dois livros. Preciso arrumar este quarto. Um dia.

— Você volta? — Ele me encara.

— O quê? — Me levanto.

— Você não precisa de passaporte pra ir até a padaria.

— Você me conhece. — Abraço meu irmão e beijo a cabeça dele. — Eu sempre volto.

— Espero que volte.

— Se eu não voltar, você sabe o que fazer. Não deixa a mãe morrer de fome.

— Você espera eu me deitar antes de sair? — ele pergunta sem me encarar.

— Ei, você não é grande demais pra isso? — Dou risada.

— Ah, cala a boca. — Max ri de volta.

Apago a luz do quarto do meu irmão assim que ele se deita, então desço as escadas. Quando abro o portão, Matias está me esperando.

— A senhorita precisa te ver.

A maioria das pessoas que conheço teria gritado de susto, mas não sei como é sentir isso. Ficar assustado. Talvez por isso não curta filmes de suspense.

— Suave — respondo e dou um passo em direção ao meu carro.

Matias coloca o braço na minha frente.

— A senhorita pediu para que viesse comigo. Precisamos ser discretos.

— Certamente. — Sorrio.

No caminho, cochilo no banco de trás, aproveitando a ressaca da coca. Acordo sozinho quando escuto o som do portão elétrico da casa de Bianca. Vou me espreguiçando até Matias estacionar o carro.

— Tem um cigarro? — pergunto ao descer do carro.

Ele tira um cigarro do bolso, depois o acende na minha boca. A primeira tragada é sempre a melhor.

Caminho pela lateral da casa e alcanço a porta de vidro. Bianca me encara. Braços abertos sobre o encosto do sofá e pernas cruzadas.

Jogo a bituca no chão e amasso com o tênis, então deslizo a porta e entro.

— Fecha a porta — ela diz.

— Cadê a Cris? — pergunto enquanto deslizo a porta de volta.

— Ela não sabe que você está aqui. — Ela me encara.

Sento na poltrona ao lado do sofá e a encaro de volta.

— Pelo cheiro, imagino que tenha usado a saída pelo depósito de lixo. — Ela sorri, e me lembro que ainda não tomei banho.

— Bia, você não me chamou aqui pra falar sobre higiene. — Observo enquanto seu sorriso se desfaz.

— Relaxa, são só duas coisas. — Ela suspira. — Primeiro, por que a polícia encontrou cristal no bolso dos clientes?

— Porque eu vendi — digo pausadamente.

— Raí...

— O quê?

— Para de me foder! — ela grita. — Primeiro você trepa com o Bernardo, e aí ele está apaixonado e não pode mais ficar comigo. Pensei: bom, nesse caso, talvez a Cristina esteja livre, mas não! Você quer todo mundo pra você!

— Bia, eu...

— Não terminei! — Ela toma fôlego. — E agora você passa por cima das minhas ordens para vender droga que eu nunca aprovei no meu clube?

— A gente pode ganhar muito dinheiro! — grito e posso ver que tenho a atenção dela, porque ela troca a posição das pernas. — Eu quis fazer um teste, ver se eu conseguia vender algo mais caro, e consegui. Esses clientes vão voltar na semana que vem com mais dinheiro pra comprar o cristal. Dá pra tirar no mínimo três vezes o que a gente tem faturado.

— Raí, desde quando você se importa tanto com dinheiro?

— Desde que... — Eu a encaro e começo a suar frio. — Desde que eu comecei a planejar passar um tempo fora com o Bernardo. Mas agora não importa mais.

— Como assim? — Ela descruza as pernas. — Vai dizer que se apaixonou também?

— Eu não sei o que é, sinceramente. Talvez eu não sirva pra essas coisas.

— Então, descubra. — Ela se levanta, então me levanto também. — Só para de me foder no seu processo de descoberta. Se você não fosse meu primo e eu não te conhecesse tão bem, eu teria mandado o Matias te levar pra outro lugar.

Deslizo a porta e sinto o ar morno da noite.

— Ah, e Raí — chama Bianca, então olho para trás. — Seu passaporte está vencido. Não esquece de renovar. Nunca se sabe quando vamos precisar dele.

Bianca fecha a porta atrás de si.

Instruções

Matias dirige em silêncio quando sinto meu celular vibrar no bolso. 5 ligações perdidas de Max Muñoz. Ligo de volta.

— Max?

— Raí, você está bem? — sua voz está mais aguda que o normal.

— Suave. Está tudo bem aí?

— Entraram em casa e reviraram tudo, mas só levaram seu notebook — ele sussurra. — Eles ficaram perguntando onde você estava, porque seu carro está na rua.

— Quem entrou? — grito, atraindo o olhar de Matias pelo retrovisor.

— Não sei. Eles estavam de máscara. Você pode vir?

Meu quarto está todo bagunçado. Nenhuma novidade. Meu notebook não está em cima da mesa, mas os cabos ficaram.

— Eu fiquei desesperado. — Max me encara. — Pensei que eles tivessem te pegado e eu nunca mais fosse te ver.

— Por favor, me diga que não levaram o seu notebook também. — Coloco as mãos sobre os ombros de Max.

— Não. Estava guardado na mochila e eu chutei pra bem debaixo da cama — ele diz com a voz embargada. — Minha câmera também.

— Então tudo suave, irmãozinho. Com um parceiro igual você, nunca vão me pegar. — Sorrio e me afasto. — Mas preciso do seu notebook agora.

— Nem vai perguntar como está a sua mãe? — minha mãe grita do corredor.

— Não preciso mais. Você parece ótima! — Dou risada.

Caminho até o quarto dela e a vejo guardando roupas no armário.

— Eles reviraram tudo — ela diz com a voz baixa, então eu a abraço e ela retribui. Penso em dizer alguma coisa, mas fico calado.

Ouço passos subindo as escadas. É Matias.

— Senhor Raí, já verifiquei o perímetro e não vi nada suspeito. Mesmo assim, estarei na rua a noite toda. Ordens da senhorita.

— Obrigado.

Max me entrega seu notebook e eu o abro sobre a mesa do meu quarto. O Daniel é tão imbecil que realmente pensou que conseguiria me pegar. É óbvio que eu deixaria uma cópia do arquivo em nuvem.

Uma nova janela se abre na tela: "Tem certeza de que deseja enviar o vídeo?".

Começo a rir enquanto confirmo a ação. Nada como uma dose de sarcasmo eletrônico para encerrar a noite.

Deixe sua mensagem

Tento caminhar, mas meus pés se arrastam. Meu corpo é pesado e fica mais pesado a cada passo, até que eu caio e parece que o chão vai se afundar com o peso.

Ouço o som da campainha e me sinto muito mais leve. Levanto e caminho até a sala.

— Quem está do outro lado? — pergunta o professor, sentado no sofá. Ele usa um chapéu de palhaço e aperta uma buzina em sua mão.

Acordo com o som do trânsito na rua. Carros buzinam uns para os outros e os motoristas gritam frases incompreensíveis.

Ainda deitado, pego o celular para ligar para Bernardo, mas ele não atende. "Deixe sua mensagem após o bip". Odeio deixar mensagens, então não deixo.

Assim que desligo, meu celular começa a tocar. É a Bianca. Afundo a cabeça no travesseiro.

— Raí, que merda você fez?

— Qual delas? — Tateio o criado-mudo procurando meu cigarro e isqueiro.

— Você começa uma carreira pornô e sou eu que tenho que passar a manhã inteira negociando pela sua vida com nossos parceiros de negócio, então vou falar de novo: para de tentar me foder!

— Eu achei que não ia sobrar pra mim. — Dou uma tragada. — Se eles têm alguma coisa contra o Daniel dar a bunda, que resolvam entre eles.

— Eu preciso que você tire esse vídeo do ar imediatamente.

Ela desliga.

Abro o site pornô do celular. O contador mostra mais de cem visualizações, o que é bem mais do que a quantidade de e-mails anônimos que enviei ontem. Todas as pessoas que importam para Daniel provavelmente já assistiram, mas tiro o vídeo do ar mesmo assim.

Tempo

Tento ligar para Bernardo mais uma vez, sem sucesso.

Passo na frente da casa dele no caminho da faculdade, mas não vejo nenhum movimento pelo portão, então sigo direto.

O professor já está sentado à mesa e todos estão tirando as páginas de xerox de dentro das mochilas quando ele entra.

— Com licença — diz Bernardo ao abrir a porta.

Espero aquele momento pré-chamada em que todos parecem distraídos com alguma coisa e viro para trás.

— Caralho, Be, você não vai mais falar comigo? — sussurro.

— Eu estava chateado, então desliguei o celular. — Ele desvia o olhar.

— Enquanto você estava chateado, invadiram a minha casa. — Viro para a frente.

— Como assim? É sério isso? — ele sussurra.

— Sim.

— O Max está bem? E a sua mãe?

— Sim. Sim.

O professor faz a chamada e começa a consultar anotações sobre sua mesa.

— Eu sei que antes de tudo somos amigos, então me sinto culpado por falar sobre isso agora, mas acho melhor a gente dar um tempo — Bernardo sussurra.

— Você tem razão — eu respondo, a princípio com honestidade, mas com um gosto amargo no final.

Pego minha mochila e caminho para a porta, sem olhar para trás. Já no corredor, escuto a porta se abrir e fechar atrás de mim.

— Raí, me espera! — Bernardo grita.

Caminho até o estacionamento, ignorando suas chamadas.

— Eu só preciso de um tempo — ele diz com a cabeça baixa, olhando para mim como um filhote de cachorro.

Reparo em uma marca vermelha subindo pelo seu pescoço.

— Que porra é essa? — pergunto, enquanto acendo um cigarro.

— O quê? — ele diz, corrigindo a postura.

— Essa marca no seu pescoço. — Solto a fumaça para o lado.

— Ah, deve ser alergia do calor. — Ele dá uma risada esquisita, sem fôlego.

Conheço Bernardo há tempo suficiente para saber quando ele está mentindo. Me aproximo dele e puxo sua camiseta por trás. Vejo marcas roxas e vermelhas por toda a extensão das costas.

— Que porra é essa? — repito, encarando Bernardo.

— Desculpa. — Ele ri novamente. — Eu não queria te preocupar, mas é que eu caí da escada lá em casa.

— É mesmo? — Sorrio. — Isso foi antes ou depois do seu pai te espancar?

— Raí... — Bernardo desvia o olhar e abaixa a cabeça. — Você não entende. Meu pai tem a cabeça muito fechada, ele tomou um susto com o vídeo da gente se beijando na internet.

— Que vídeo? Aquele que o meu irmão gravou? — Jogo a bituca no chão e piso sobre ela.

— É. Mas a culpa foi minha. Eu devia ter pensado que isso podia acontecer. — Ele balança a cabeça enquanto fala. — Ele nunca faria isso sem eu provocar.

— Tudo bem. — Desativo o alarme do carro. — Você vai ficar por aqui?

— É, eu vou voltar pra aula. — Bernardo olha para baixo. — Você vai embora?

— Sim. Já deu pra mim.

— Vai pra casa?

— Vou. — Entro no carro.

— Pra sua casa?

Apenas fecho o vidro e saio dali.

Confirmação

Sento no banco da praça Bom Clima, de frente para o letreiro da cidade. Pego meu maço, mas está vazio. Ainda não tive tempo de comprar outro.

— Quer um cigarro? — diz Max, passando de skate.

— Você é novo demais pra fumar — digo, pegando um cigarro do maço em sua mão.

— Se for melhor, posso dizer que um amigo pediu pra eu segurar. — Ele ri. — Mas tenho quase certeza de que você começou mais novo ainda.

— Só não deixa a mãe saber. — Ele se senta ao meu lado e acende o isqueiro para mim.

— A aula acabou mais cedo? — Ele sorri.

— Max, vamos supor que um garoto apareça em um vídeo da internet beijando outro garoto, e pouco depois ele apareça com hematomas nas costas.

— O pai do Bernardo bateu nele? — Max franze a testa. — Cuzão. Achei que ele não apanhava mais, agora que saiu da escola.

— Obrigado pela confirmação. — Sorrio. — Eu precisava saber se eu estava sendo paranoico. Não seria a primeira vez esta semana.

— Foi mal. — Ele traga e solta a fumaça. — Pode deixar que eu apago o vídeo.

— Não. — Coloco a mão em seu ombro. — Relaxa. Eu cuido disso.

— O que você vai fazer? — Ele me encara.

— Quanto menos você souber, melhor.

— Ah, qual é! — Ele ri.

— Se for melhor, posso dizer que vou só conversar com o pai ele.

— *Touché*. — Ele dá outra tragada.

Saliva e sangue

Deixo o carro a três quarteirões da casa do Bernardo e caminho até lá. O carro do Luiz não está na garagem, então torço para que a minha chave reserva ainda funcione no portão. Mandei fazer uma vez que Bernardo esqueceu as chaves dele na minha casa, mas nunca tinha usado até agora. Funciona. Estou dentro.

A porta da casa está aberta, então fecho atrás de mim e sigo direto pela sala em direção à escada. Paro e encosto na parede. A mãe do Bernardo está estendendo a toalha da mesa de jantar à direita.

Ela ajeita a toalha e assobia uma música animada que não conheço. Reparo que ela está usando fones de ouvido enquanto entra na cozinha. Preciso aproveitar a oportunidade. Ando rápido e subo a escada na ponta dos pés.

O quarto de Bernardo está aberto. Vejo ele deitado de bruços sobre a cama, lendo um livro. Ele dá um pequeno grito quando fecho a porta sem dizer nada.

— Ei, ei, suave — sussurro. — Sou só eu.

— O que você está fazendo aqui? — Ele se senta.

— Vim te ajudar a fazer as malas. Você vai se mudar pra minha casa hoje.

— Do que você está falando? — ele diz, mas percebo que não está sorrindo.

— Você sabe do que eu estou falando. — Caminho até o armário e começo a arrancar cabides. — Você gosta dessas roupas? Devem dar por alguns dias.

Ele abre a boca, mas não sai uma palavra. Seu olhar está perdido e desfocado.

— O Senhor Jujuba vem? — Aponto para o pequeno leão de pelúcia na estante sobre a cama.

— Eu não posso simplesmente ir embora. — Ele me encara.

— Claro que pode. Pode e vai. — Abro as gavetas e começo a esvaziar sobre a cama. — Pega sua mochila.

Bernardo está trêmulo, mas pega a mochila, coloca alguns livros dentro e começa a escolher algumas peças que estão sobre a cama.

— Mas Raí... — ele diz sem olhar para mim.

— Foda-se seu pai! — eu grito.

— Eu não quero deixar minha mãe sozinha com ele. — Ele me encara com seus olhos redondos e brilhantes.

— Sua mãe é tão ruim quanto ele. — Começo a enfiar as peças na mochila com violência. — Olha, eu entendo o que você diz, mas não posso fazer nada.

A porta se abre de uma vez só e Bernardo grita. Luiz traz um cassetete na mão.

— Vai embora por bem ou por mal? — ele pergunta dando um passo para dentro.

— Eu estava te esperando. — Com um grande sorriso no rosto, tiro do bolso um *taser*. Seu olhar demora em minha arma assim que a aciono e saem fagulhas pela ponta.

— Acha que esse brinquedo vai te salvar, moleque? — Ele dá mais um passo.

Vou com tudo para cima do velho, com eletricidade borbulhando pela ponta do *taser*, mas ele desvia e acerta o cassetete no meu braço, me fazendo derrubar o aparelho. Percebo os gritos de Bernardo no fundo, mas não perco o foco. Dou um chute na barriga do Luiz, que se curva, pedindo uma cabeçada no queixo. Ele se afasta e volta balançando o cassetete, mas desvio e acerto uma direita em sua cabeça, fazendo ele tomar distância novamente.

Dou risada para provocá-lo.

Quando parto para cima, ele chuta minha perna e eu tropeço na ponta da cama, caindo no chão. Tento alcançar o *taser* com a mão direita, mas logo o velho me acerta uma direita de respeito. Quem diria que ele tinha essa força toda? *Eu, certamente, não*, penso, enquanto ele me acerta com a esquerda.

Cuspo saliva com sangue na cara do velho e grito:

— É só isso? Me dá tudo o que você tem!

Mas ele esbugalha os olhos e morde a língua, antes de cair para o lado. Bernardo surge atrás do pai, soluçando com a cara toda inchada de choro e o *taser* em sua mão.

— Be, isso é roubar. — Sorrio, mas Bernardo joga o *taser* no chão, ajeita sua mochila nos ombros e corre para fora.

Leva alguns segundos para que o mundo pare de girar, mas guardo o *taser* no bolso e começo a correr cambaleante à procura de Bernardo. Dou de cara com a mãe dele na sala, encarando a porta de joelhos, seu rosto vermelho e remelento.

— Meu filho... Meu filho... — ela soluça, com a mão estendida.

Continuo correndo até alcançar meu carro e não vejo Bernardo no caminho. Ligo para seu telefone, mas ele não atende. *Caralho*.

Percebo que tem um cara familiar do outro lado da rua. Está escuro, então não tenho certeza de que o conheço, mas sei que está olhando para mim enquanto fuma demoradamente encostado em um carro preto.

Entro no carro e começo a virar a esquina. O cara entra no carro e dá a partida. Parece que alguém quer brincar hoje à noite.

Não quero ir para casa, por causa do meu irmão, então passo algum tempo dando voltas nos bairros, evitando as grandes avenidas. O carro preto continua na minha cola.

Meu celular toca. É a Bianca.

— Raí, estou te ligando só pra dar satisfação. O Bernardo chegou aqui de táxi e me contou por cima o que aconteceu.

— Já estou chegando aí — respondo.

— Não está mesmo. Dei ordens para o Matias te descer o cacete na entrada. O menino já está bem nervoso sem você aqui, fazendo barraco. Vou dar alguma coisa para ele se acalmar e ver se ele dorme.

— Não esquece que ele tem epilepsia — percebo que estou gritando, então abaixo a voz. — Cuidado com o que vai dar pra ele.

— Eu sei. — Ela suspira. — Raí, me promete que vai ficar em casa? Não é só pelo Bernardo. Eu estou tentando te proteger, mas está ficando cada vez mais complicado.

— Tudo bem — respondo. — Eu prometo.

Bianca desliga e eu acelero o carro.

Impacto

Por conta do horário, encontro pouco trânsito até passar o centro, e uma avenida livre depois disso. Cruzo todos os semáforos vermelhos, sem me importar. Sei que continuo sendo seguido, mas espero ganhar na velocidade. Não tenho tempo para essa brincadeira hoje.

Sorrio ao ver que o carro preto ficou para trás, porém preciso pensar rápido quando um carro idêntico entra na avenida à minha frente e começa a diminuir a velocidade. Mesmo tentando desviar, não consigo evitar o impacto.

Começo a desacelerar para tentar um novo desvio, mas logo sinto o impacto do carro de trás, que já está encostando em mim. Aos poucos, paramos. Minhas investidas no acelerador são inúteis.

O cara de antes se aproxima com um pé de cabra e eu me jogo para trás assim que o vidro se quebra. Pela janela, avanço sobre ele com o *taser* firme na mão e acerto o pescoço do homem. Abro a porta e começo a correr já com alguns encapuzados no meu encalço.

Consigo ouvir que alguém está manobrando os carros, mas ainda tenho esperança de ser mais rápido. Vejo um posto de gasolina à frente com as luzes acesas. Grito e começo a acenar. Um homem agarra as minhas pernas antes que alguém me veja.

Arranco um pedaço da orelha dele no dente, mas outros seguram meus braços e pernas e logo sinto uma picada. Em poucos segundos, a ardência some, não consigo mais resistir e tudo fica escuro.

A cadeira

Ao abrir os olhos, tenho a impressão de estar numa cozinha. Uma cozinha com cheiro de esgoto.

Não consigo mover meus braços e pernas. Também não consigo mover a cadeira.

— Não adianta tentar. Você está preso — diz um homem enorme, com uma grande barriga e um grande bigode, que surge no meu campo de visão limpando as mãos com um pano. Tudo nele é superlativo. Suas roupas parecem imundas.

O lugar é mal iluminado, o que dificulta identificar os objetos sobre a mesa ao lado dele. Percebo que estou nu.

— Meu nome é doutor Fritz — ele continua enquanto se senta em uma cadeira à minha frente.

Ele não está tremendo nem gaguejando. Talvez seja como eu, ou então é só alguém que se acostumou a fazer o trabalho.

— Você é estranho — ele diz com a voz grave.

— E o seu nome não é Fritz. — Sorrio.

— Também não sou um doutor, e daí? — Ele se levanta. — Pediram para começar pela cadeira, porque você gosta de dar choque nos outros.

— Adoro.

O doutor me encara por um instante.

— Colocamos uma folha de zinco molhada embaixo de você, para...

— Caralho, você fala demais. — Encaro de volta. — É algum tipo de tortura *gourmet*?

Ele dá a volta atrás de mim, encaixa um balde de metal na minha cabeça, joga água fria sobre mim e liga o dispositivo.

A dor é excruciante. Meu corpo inteiro se debate contra a cadeira, e sinto a parte não explicada pelo doutor nos fios enfiados no meu rabo e enrolados no meu pau. Não consigo calcular quanto tempo dura. Ele remove o balde.

Quero sorrir na cara do filho da puta, mas não consigo respirar direito.

— É, a cadeira tem esse efeito sobre as pessoas — ele diz, como se pudesse ler meus pensamentos. — Vamos de novo.

Sinto que estou perdendo a consciência. Odeio isso.

Ódio. Quero explorar esse sentimento.

Tento falar algo, mas o som é incompreensível.

— Disse alguma coisa? — o doutor pergunta, antes de eu apagar.

Algo especial

— Ei, chupa rola, acorda! — Alguém dá um tapa na minha cara.

Estou em uma posição diferente agora, sobre uma maca e amarrado. Reconheço a barba suja à minha frente.

— Olá, Raul, como foi a viagem? — Fico satisfeito por poder falar novamente.

— Esse queima-rosca me humilhou, doutor — ele rosna olhando para o espaço atrás de mim. — Quero que ele esteja bem acordado pra isso.

— Cala a boca e me arranja um cigarro — respondo.

Raul arregala os olhos para a mesma direção.

— Eu disse, chefe, esse menino é esquisito — diz o doutor com a mesma voz grave, agora parecendo mais cansada.

Raul tira um sapato do pé e começa a bater na minha cabeça e gritar uma, duas, três vezes, antes de calçar o sapato e sumir da minha visão.

— Chefe, assim ele vai apagar de novo — ouço a voz do doutor bem longe.

— Isso é problema seu! — O grito do Raul começa a sintonizar minha consciência de volta.

— E o que eu faço com ele depois?

— Pega esse veadinho acordado e corta todos os membros dele com o serrote. Deixa ele morrer de hemorragia, aí chama os caras da limpeza.

— Sim, senhor.

Ouço o barulho da porta abrindo e fechando, depois o suspiro do doutor.

— Parece cansativo — eu digo. — Vamos começar logo?

— Nunca vi alguém com tanta pressa pra morrer. — O doutor para na minha frente. Sua voz parece mais aguda agora. — Qual o seu problema? Por que não pode gritar e chorar como uma pessoa normal?

— Você vai ter que se esforçar muito mais do que isso. — Sorrio.

— Vamos ver — ele responde, restaurando a voz grave de antes.

Começo a sentir um objeto duro cutucar meu ânus, como um... cassetete? Mas tem algo a mais. Pela ardência, acho que é pimenta.

Ainda que eu prefira enfiar meu pau nos buracos que aparecem pela frente, não sou estranho à arte de sentir prazer por trás. Isso é algo completamente diferente. As estocadas agressivas me deixam sem ar e tudo o que consigo pensar é na dor. Na dor e na ardência. Preciso resistir mais um pouco. Não vou apagar agora.

Sinto vontade de vomitar, mas não tem nada no meu estômago além de bile. O gosto é amargo e logo se dilui.

Sinto água gelada escorrer pelo meu rosto e sei que desmaiei novamente. Agora estou amarrado de barriga para cima, meus braços e pernas bem esticados. Todo o meu corpo dói e sinto que mal conseguiria parar em pé se ele me soltasse agora, mas provavelmente meu rabo é o lugar mais irreconhecível do meu corpo. Não que isso importe agora.

— Quer dizer alguma coisa antes de eu começar? — o doutor pergunta. Suor escorre pela sua testa e sua roupa parece estar ensopada. — Não acho que você vai querer dizer alguma coisa depois.

— Na verdade, quero sim. — Preciso de grandes golfadas de ar para falar. — Quando eu estava na cadeira, eu queria perguntar algo, mas não consegui.

— Vá em frente — ele diz, enquanto afia um serrote com aparência enferrujada.

Abro um sorriso e encaro o doutor.

— Você gosta do seu trabalho?

— Esquisito, não falei? — Ele ri apontando o serrote para mim. — Eu só faço o que me mandam. Sou bom nisso. Os outros vomitam, desmaiam.

— Então você não sente nada? — Desfaço o sorriso.

O doutor para de mexer em suas ferramentas e me encara.

— Eu nunca disse isso pra ninguém. — Ele coloca o indicador nos lábios antes de continuar. — Mas acho que este é o único momento em que eu sinto alguma coisa. Quando fiz isso pela primeira vez, sabia que era algo especial.

— Doutor, se eu não fosse morrer agora, eu diria essas palavras para o meu quase namorado. — Começo a rir, então o doutor ri também.

Seu sorriso se mantém quando escuto o estampido. A bala atravessa o crânio do doutor e ele cai morto, bem no melhor momento de sua vida.

A sala ao lado

Matias parece um gigante quando o vejo se aproximar.

Ele me desamarra sem dizer nada e me entrega as roupas que estavam dentro de um saco preto atrás da porta. Provavelmente, minhas partes seriam jogadas ali, junto com elas.

Sinto uma irritação gritante ao colocar minhas roupas sobre cada ferimento, mas recuso as pílulas para dor. Ainda não estou pronto para abandonar essa experiência. Quando tento me pôr de pé, minhas pernas falham e eu caio de frente para o doutor e seu último sorriso. Rio com ele. Matias agacha e oferece seu ombro, mas, antes, coloco a mão sobre o rosto do cadáver e fecho seus olhos.

Ao sairmos, descubro que estávamos em uma espécie de galpão nos fundos de uma grande propriedade. Estamos cercados de grama por todos os lados. O sol começa a se pôr. Um sujeito está caído no chão, mais à frente, com a cabeça em uma posição antinatural.

Como não há saída pelas laterais, entramos no prédio principal. Vejo homens espalhados sobre poças de sangue. Caminhando pelo corredor central, escuto um ruído vindo da sala ao lado. Olho para Matias.

— Ele não era uma ameaça imediata, então deixei ali — ele diz.

Na sala, vejo uma pessoa amarrada de bruços a uma maca semelhante à que eu estava, com a diferença que lhe permitiram usar um traje de látex.

Retiro sua mordaça e máscara. É Daniel.

— SEU FILHO DA PUTA! — ele grita, e baba e cospe com a voz cada vez mais aguda. — VOCÊ FEZ ISSO! VOCÊ FEZ ISSO!

Seu corpo inteiro se agita sobre a maca. Olho para o chão e vejo seu próprio doutor com um buraco na cabeça e me pergunto se ele era como o Fritz — ou seja lá qual fosse seu nome. Um cassetete descansa em sua mão.

Reparo que a roupa de látex tem um buraco para o ânus e vejo que está bem diferente da última vez.

— Matias, me empresta seu celular?

Coloco a mordaça de volta enquanto me lembro do número certo. Seus gritos continuam, embora abafados.

O telefone toca uma vez antes de ela atender.

— Raí, é você? — pergunta Cris.

— O que sobrou dele. — Tento sorrir.

— Eu estava tão preocupada... — ela sussurra com a voz aguda, e a ouço fungar. — Você está vindo? Que barulho é esse aí?

— Eu sei. — Coloco o celular no viva-voz. — Escuta, se você pudesse fazer qualquer coisa com o Daniel, o que seria?

— Por que você está falando disso agora? Quero mais é que ele morra.

Retiro a mordaça novamente e encaro Daniel a tempo de ver Matias encostar o revólver na cabeça dele.

— Mas espera. — Cristina dá uma risada entrecortada. — Por que você me perguntou isso? O que você vai...

Desligo a ligação.

— VOCÊ ACHA QUE ISSO ACABOU? — Daniel começa a gritar. — Eu vou sair daqui e vou te estuprar também, seu filho da...

GPS

Tento colocar a cabeça no lugar enquanto Matias me leva para a casa da Bianca, mas é difícil com a dor, apesar de eu ter me deitado de bruços no banco de trás. Só uma pergunta não quer calar na minha cabeça.

— Como você me encontrou?

— GPS — ele diz, monotonamente.

— Meu celular foi destruído. — Ele me observa pelo retrovisor. — Eu vi os restos dele no saco onde estavam as minhas roupas.

— Consegui monitorar os lugares para onde levaram seu carro até ele ser despachado. — Seu olhar volta para a estrada. — Eliminei os lugares menos prováveis e vim parar aqui. Claro que havia o risco de terem te levado a um lugar completamente diferente, mas era um risco inevitável.

Não quero apagar

Após algumas espiadas pela janela, noto que o caminho está errado.

— Não estamos indo pra casa da Bia — sussurro.

— Não. Não estamos — Matias responde, estoico.

Logo pegamos a estrada, e então a paisagem muda para árvores. Árvores por todos os lados. Conforme deixamos o trânsito para trás, começo a ouvir o canto de pássaros.

A dor faz com que o tempo demore a passar, mas tenho certeza de que faz pelo menos uma hora que estamos percorrendo esta estrada secundária quando finalmente paramos.

Matias desce do carro e ouço o abrir de uma porteira manual. Ele volta e acelera, para depois parar e descer novamente. Aguardo sua volta sem saber o que pensar, até que ele abre a porta para mim.

— Vamos — ele diz, apoiando meu braço em seu ombro.

Olho ao redor e vejo uma pequena casa rústica, com paredes brancas e teto baixo. Tento firmar os pés no chão, mas a dor me imobiliza agora que perdi o calor do momento. Mesmo apoiado no ombro de Matias, não consigo dar um passo sem sentir que vou rachar ao meio.

— Acho que você vai ter que me carregar, garanhão. — Sorrio com esforço.

Matias me pega no colo e caminha rápido, como se meu peso em seus braços não fizesse diferença. Atravessamos a porta para ver que não estamos sozinhos.

À minha esquerda vem Cristina e à direita, Bernardo. Uma expressão entre sorridente e chorosa em seus rostos. Bianca, Max e até a minha mãe estão de pé mais adiante e ameaçam se aproximar também.

— Vamos cuidar dos ferimentos primeiro, depois vocês conversam — diz Matias com sua voz pausada e grave.

Ele não desacelera até chegarmos a um pequeno quarto com uma cama, cabeceiras e uma grande cômoda encostada à parede. A janela está fechada, então Matias acende a luz após me largar sobre a cama. Posso ver que o cômodo tem seu próprio banheiro através de uma porta semiaberta.

— Toma esses comprimidos — ele diz, despejando água de uma jarra em um copo na cabeceira.

— Eu não quero apagar de novo.

— Eles não vão te apagar. Pode confiar em mim. Preciso que você tome todos e depois tome um banho.

Encaro Matias e não vejo motivo para desconfiar dele. Talvez essa experiência tenha me afetado mais do que pensei. Tomo os comprimidos.

— Um médico está a caminho para ver seus ferimentos — ele diz. — Eu preciso encontrá-lo no meio do caminho, mas se quiser posso ajudar no chuveiro antes de sair.

Olho para a porta fechada e logo imagino ela se abrindo.

Meu rosto se abre em um sorriso teimoso.

— Chama o Bernardo — eu peço.

Desculpa

Seguro firme as barras de metal na parede do box enquanto Bernardo esfrega as minhas costas.

Ele também está nu, o que me causa ereções instáveis. Até isso faz doer meu rabo. Espero que o médico seja especialista em rabos.

— Me desculpa — diz Bernardo com a voz embargada.

Estou de costas para ele, então não consigo ver seu rosto. Há quanto tempo ele está chorando?

— Desculpa por quê?

— Por ter fugido de você — a voz sai baixa e aguda. — Você só queria me ajudar. Do seu jeito.

— Acho que é uma reação possível depois de eletrocutar o próprio pai. — Dou risada e me arrependo com a dor.

— A Bia só me contou o que estava acontecendo depois que o Matias já tinha saído. — Sua voz falha. — E eu fiquei o tempo todo pensando que você poderia já estar morto naquela hora.

— Mas eu estou vivo, então fica feliz.

— Quando o Matias mandou uma mensagem dizendo que você estava inteiro — sua voz parece mais calma —, eu decidi que nunca mais ia sair de perto de você.

— Uma hora você vai ter que sair, sabe? Odeio cagar na frente dos outros.

— Do jeito que você está, não sei se é uma boa ideia cagar.

Damos risada – e me arrependo de novo.

— Eu sei que este não é o melhor momento pra falar sobre isso — ele sussurra —, mas você ainda me quer?

Alguém bate à porta.

— O médico está aqui — ouço a voz abafada de Matias através da porta. — Se apressem.

Você é quem sabe

— Raí, posso entrar? — diz Bianca, à porta do quarto.

— Pode, sim — respondo. — Be, me ajuda a sentar nesta espuma que o médico trouxe. Vamos ver se presta.

Respiro fundo. Não é tão ruim.

Bianca se senta à beirada da cama e cruza as pernas.

— Acho que seria melhor a gente conversar a sós. — Ela encara Bernardo com uma expressão de súplica, levantando a parte interna das sobrancelhas.

— Tudo bem, eu vou lá fora fumar um cigarro. — Ele sorri e me beija brevemente antes de sair.

— Se eu não te conhecesse, diria que você está mesmo apaixonado — ela diz.

— Bia, eu te amo, mas vai se foder. — Dou risada. Felizmente, os remédios fazem a dor parecer bem menor do que antes.

— Eu bem que gostaria, mas não posso pensar nisso agora. — Ela parece aérea, olhando em direção à janela fechada. — Onde eu estava? Ah, sim. Estamos sendo perseguidos. Tentei negociar pela sua vida só para descobrir que minha cabeça também estava a prêmio.

— Tem cigarro? Essa desculpa do Bernardo me deu vontade. — Ela me dá um e acende. — Prima, eu sei que tenho um histórico de ser egocêntrico e canalha, mas nunca imaginei que aquele vídeo fosse causar tudo isso.

— Esse egocentrismo pode te cegar às vezes. — Ela suspira e descruza as pernas. — Claro que seu vídeo não ajudou, mas a nossa relação já estava complicada há algum tempo.

— Tem algo que eu possa fazer?

— Sim. Preciso de uma sugestão de onde podemos nos esconder por algum tempo. — Ela ri e em seguida fica em silêncio. — O Matias me contou o que ele viu no cativeiro.

— E daí? — Dou uma tragada.

— Eu imagino que você queira pegar o Raul o quanto antes, só que infelizmente sua vingança vai ter que esperar.

— Obrigado pela consideração, mas não estou preocupado com o Raul.

— Se você está dizendo... — Ela se levanta. — Agora, vou te deixar descansar.

A casa está em silêncio. Ainda são nove da noite, mas todos sentem a tensão que estamos vivendo. Bernardo pula na cama de cueca e sorri para mim.

Quase todos.

— Pena que o médico te proibiu de fazer sexo por um mês.

— Be, não entendo como você pode me achar sexy logo depois de passar pomada no meu ânus arrombado.

— Você vai sarar e vai ficar tudo bem. — Ele me dá um beijo no nariz.

— Espero que sim. — Sorrio. — Você pode apagar a luz?

Vejo que seu sorriso se desfaz enquanto ele se levanta para alcançar o interruptor. Ele provavelmente preferiria continuar a conversa do chuveiro em vez de dormir.

Mais do que isso: acho que o que ele mais quer agora é ter alguma garantia. Garantia de que eu me sinto tão atraído por ele quanto antes, e de que podemos ser exclusivos, como um casal tradicional. Garantia de que eu não vou dar uma de Raí e estragar tudo.

Quero dizer alguma coisa, mas não quero mentir e tenho medo de estragar até o pequeno momento que temos agora. Ele nos meus braços, o cheiro doce do seu cabelo me invadindo, me deixando mais calmo e com mais sono.

Não. Consigo. Dormir.

Os sons da vida noturna me deixam alerta demais para relaxar.

Me acostumei com o som das cigarras e seu canto incessante, mas os estalos ocasionais me fazem abrir os olhos e mantê-los abertos até me convencer de que foi apenas a movimentação de um inseto ou a dilatação natural da casa. Tento focar a audição em barulhos incomuns e anular as cigarras. Seguro a respiração para ter o mínimo de interferência.

O vento balançando as folhas das árvores, o pio de um pássaro, o ranger do estrado da cama no quarto ao lado, um farfalhar incessante. Alguma coisa está se movimentando pelo mato. Alguma coisa grande. Um cachorro do mato, talvez. Um ranger inesperado perto de mim. Meu coração pula um batimento.

É só o ronco do Bernardo nos meus braços. Começo a rir pelo nariz, mas não consigo evitar um soluço. Dobro meu corpo só um pouco, mas logo o sinto se mexer em resposta.

— Raí, o que você tem? — ele pergunta com a voz abafada de sono.

— Você ronca — sussurro em seu ouvido.

— Eu não...

O farfalhar de novo, mais perto.

O cachorro do mato agora parece mais uma matilha.

Exceto. Que cães. Não carregam. Equipamento pesado.

— PRA BAIXO! — Agarro Bernardo e rolo com ele cama abaixo.

O ar se enche de pó de parede destroçada pelas balas que atravessam.

Um dos cães é abatido e gritos preenchem sua ausência. Matias.

Nosso amigo vale por um exército inteiro.

O som agudo do desespero de Bernardo abre uma rachadura dentro de mim. Seus olhos capturam minha alma e tento me levantar.

— Não. — Ele me aperta. — Fica.

— Eu fico.

Ele coloca a cabeça sobre meu ombro e sinto suas lágrimas escorrerem e me tocarem. Ouço o som delas desmanchando o que resta das minhas defesas.

— Eu não posso prometer nada — ouço a mim mesmo dizer.

— Prometer o quê? — Ele vira para mim.

Respiro fundo. As palavras só vêm.

— Eu não sei falar do futuro, mas eu sei que nesse momento eu não quero ninguém além de você. — Ele ouve em silêncio. — E eu quero tentar, mesmo que dê tudo errado e eu me ferre, porque eu...

— Você o quê? — Ele aproxima o rosto e coloca as mãos sobre minha face.

— Eu te amo, Be.

Ele fica em silêncio e penso que já estraguei tudo. Eu devia ter ficado quieto.

Então ouço sua respiração.

Uma bala abre um buraco na parede pouco acima das nossas cabeças.

O luar me permite ver que... ele está sorrindo.

Ele se aproxima rápido, me beija e posso sentir o salgado de suas lágrimas sobre seus lábios. Os únicos lábios que eu quero sentir agora.

PARTE 3
Bianca

O coelho

Estamos sozinhas.

A estrada se desenrola à nossa frente como um tapete macio sob nossas bicicletas. Recupero o fôlego, deixando a inércia me carregar para a frente enquanto meus pés descansam nos pedais.

O sol começa a se pôr à esquerda e nossas sombras se alongam sobre a grama aparada da lateral, como se fôssemos gigantes. Meu olhar paira sobre um coelho que salta rapidamente.

— Cris! — grito o mais rápido que consigo.

— O que foi? — ela grita de volta, atrás de mim.

— Um coelho!

— Estou vendo agora! — Ela ri.

Continuamos pedalando e descansando. Passamos pelo segundo carro em muitos minutos, então Cristina emparelha comigo.

— Quero tentar uma coisa — digo assim que estamos bem próximas.

Ela olha para mim. Seus olhos são azuis e sua boca está rosada com gloss. Seu cabelo preso para trás ressalta seu maxilar e o jeito que suas têmporas dão a deixa perfeita para suas sobrancelhas.

Molho os lábios rapidamente.

— Fala! — ela grita.

— Tem uma coisa que eu vi o Raí fazer com o Bernardo. — Dou risada. — Eles se beijaram sem parar as bicicletas.

— Não é perigoso? — Seu olhar desvia do meu.

— Se você tem medo, não tem problema. — Olho para a estrada. — Esquece o que eu disse.

— Tudo bem, vamos tentar. — Ela me encara e sorri brevemente.

Sinto minha direção pender e tremer enquanto inclino o pescoço em direção a Cristina, e me esforço para manter os braços eretos. Seus lábios se abrem para mim agora que estamos sozinhas.

Seu toque é macio e fresco e eu sei que preciso voltar, mas não resisto.

Abro os olhos pouco antes de cair, então me abraço para o impacto.

A bicicleta raspa o chão com um ruído agudo e meu corpo gira várias vezes antes de parar.

Ferimentos

Cristina faz uma careta constante enquanto me ajuda a lavar os ferimentos nos meus joelhos e cotovelos.

— Tem certeza de que não quer ir ao hospital? — ela pergunta.

— Não quero chamar atenção. — Respiro fundo. — Não podemos esquecer por que viemos para cá.

Uma mulher encara brevemente quando Cristina me ajuda a caminhar para fora do chuveiro, então saímos do banheiro para a área do camping. Pequenos trailers de várias cores estão instalados à nossa frente.

O trailer de Raí e de Bernardo é de um vermelho desbotado. Batemos à porta. Raí abre e seu olhar vai direto para meus ferimentos.

— Ela não quer ir pro hospital — Cristina vira os olhos.

— Sobe aí. — Ele ri.

Bernardo está deitado na cama só de cueca, mas cede o espaço assim que me vê.

— Eita, porra — ele diz, já pegando uma caixa de primeiros socorros de cima da cômoda.

— Como você caiu? — pergunta Raí enquanto aplica a gaze nos meus joelhos.

— Um coelho saltou bem na minha frente — respondo, olhando para a lâmpada fraca no teto.

— Caralho — Raí sussurra. — E bem no dia da festa.

— Ah, é hoje, né?

— Olá, Terra para Bianca — Raí faz uma mímica de telefone com a mão —, hoje é sexta, dia de beber e fumar com os gringos.

— Tem razão.

— E aí, você vai? — Ele aperta a gaze no meu cotovelo.

— Não sei — grito com a dor e olho para Cristina. — Você vai, Cris?

— Eu... quero ir — ela responde pausadamente.

— Então talvez eu vá também. — Forço o sorriso enquanto ele termina de prender tudo com um esparadrapo.

— Ótimo — diz Raí analisando seu trabalho em mim. — Aproveita que a gente está em Amsterdã. Quem sabe vocês arranjam um gringo pra desencalhar de vez, hein? Prontinho.

Aspas

— Por que você falou que queria ir na porra da festa? — grito com a Cris quando estamos sozinhas no meu trailer.

— Porque eu quero! — Ela usa seu olhar esbugalhado. — O que você queria que eu fizesse?

— Achei que você poderia ficar aqui comigo, já que eu estou neste estado. — Olho para baixo para mostrar o estrago.

— Mas Bia, nós "não somos" namoradas — ela diz, fazendo aspas com os dedos.

— Só porque você "não quer". — Repito o gesto e faço careta com a dor.

— Eu não te prometi nada. — Ela desvia o olhar.

— Cris, não me vem com essa. — Sinto meus olhos marejarem, então desvio o rosto. — Não me vem com essa.

— Eu preciso ir tomar banho. — Ela se levanta. — Depois de me arrumar eu volto.

— Faz o que você quiser. — Enfio a cara no travesseiro.

— Deixei um *beck* bolado pra você — ela diz. — Você sabe, pra dor.

Ouço a porta se fechar.

Fragilidade

Não respondo quando Cristina bate à porta, mas ela entra mesmo assim. Fico em silêncio enquanto ela me ajuda a pôr a roupa. Antes de sairmos, me olho no espelho e paro.

— Acha que mudei muito nesses seis meses? — pergunto.

— Fora o cabelo? — ela pergunta.

— Tudo, né? — Dou risada.

— Bom, o cabelo ficou legal assim, mais curto. Tem até umas ondulações agora. — Ela mexe nele com as mãos. — Acho que te deu uma fragilidade a mais.

— Como assim? — Olho para trás.

— Calma, eu quis dizer como um elogio. — Ela ri e me abraça por trás.

Alguém bate à porta e Cristina se afasta abruptamente. Respiro fundo.

— É o Raí! — Sua voz abafada preenche o quarto. — Vocês vêm?

A festa

As festas do camping acontecem no salão de jogos, que nunca é usado para jogos. Fora dos eventos, os hóspedes usam para fumar narguilé em grupo por causa do conjunto de sofás.

Vamos até o bar improvisado no canto para comprar cerveja. Alguém se aproxima de mim pela esquerda.

— Oi, como vai? — o gringo me pergunta em inglês.

Alto, loiro, olhos claros, igual a todos os outros na festa. Sinceramente, não entendo qual é o grande atrativo.

Minha cerveja chega e percebo que ele faz um sinal para alguém atrás de mim. Só aí reparo que um amigo dele está trocando ideia com Cristina. Eles podiam muito bem ser gêmeos, não me espantaria.

— Não estou interessada — respondo e me afasto.

Tomo minha cerveja sentada no sofá para não forçar meus joelhos. Vejo Cristina, ainda no balcão, dar risada de alguma coisa que o gringo disse.

— Ei, doeu quando você caiu do céu?

Olho para o lado e vejo Bernardo sorrindo.

— Muito engraçadinho. — Bagunço o cabelo dele. Seus cachos estão maiores do que eu pensava.

— Por que o anjo está sozinho? — Ele se aproxima.

— Bom, a Cris...

— Não perguntei da Cris — ele interrompe. — Olha, uma coisa que eu aprendi namorando o Raí, é que às vezes a gente se empolga bastante com uma pessoa nova, mas depois isso passa e a gente volta pra quem a gente gosta de verdade.

— Mas a gente não...

Ele sorri só com um lado do lábio. Suspiro.

— Como você descobriu?

— O Raí é meio lerdo, mas eu saquei faz tempo. — Ele brinda, batendo sua garrafa na minha.

Bebemos.

Olho para Cristina e ela está beijando o gringo. As mãos dele exploram seu corpo no escuro.

— Desculpa, Be, mas acho isso avançado demais para a minha cabeça — digo, e me levanto.

— Espera! — ele pede, mas não olho para trás.

Empurro a porta do salão, em estilo bar americano, para sair. Jogo minha garrafa de cerveja no lixo e pego o baseado e o isqueiro do meu bolso.

Acendo e caminho ao redor enquanto dou a primeira tragada. Ouço um barulho quando estou passando pelo refeitório sem paredes e vejo Raí agarrado com um garoto ruivo.

Não consigo evitar a risada.

Chamo a atenção dele quando rio alto demais.

— Bia? — Ele me encara.

— Por que vocês fazem isso? — eu grito. — É tão difícil assim cumprir com sua palavra?

— Ai, caralho! — Ele se desvencilha do rapaz e se levanta. — Espera aí!

Eu continuo andando, mas ele me alcança.

— O Bernardo sabe o que você estava fazendo ali? — grito com ele.

— Não, não sabe.

— Então, por que...

— Vem aqui! — ele grita e me leva para seu trailer.

Eu sento na cama e ele respira fundo, andando de um lado para o outro. Começo a soluçar enquanto minhas lágrimas escorrem.

— Ei, por que isso? — Ele para.

— A Cris estava no balcão quando o gringo chegou e aí eles se beijaram e eu estava lá no sofá — respondo com a voz embargada.

— Quê? O que é que você tem a ver com a Cris? — Ele levanta uma sobrancelha só.

— A gente está... "não namorando". — Faço as aspas com as mãos.

— Você e a Cris? — Ele arregala os olhos e começa a rir. — Achei que ela nunca fosse topar colar um velcro.

— Ela não quer que ninguém saiba, e hoje eu comecei a pensar que talvez fosse melhor assim, porque se a gente terminasse não ia ter que contar pra ninguém também.

— Que bobagem! — ele diz se sentando ao meu lado. — O que aconteceu no sítio não te ensinou nada?

— Sítio? — Eu o encaro.

— Deitado no chão com todas aquelas balas voando em cima de mim, eu entendi. Às vezes a vida não dá segundas chances pra gente dizer o que sente. — Ele aperta minha mão. — Vamos voltar lá!

— Por quê? — Rio. — Para você voltar com o ruivinho?

— Acredite ou não, essa foi a primeira vez que fiquei com outra pessoa desde que viemos pra cá. — Ele desvia o olhar e suspira. — Eu só queria saber se... Bom, eu fui um babaca.

— Então?

— Eu conto pro Be o que aconteceu, e você conta pra Cris como se sente sobre ela. — Ele me encara.

Caminhamos de volta para a festa. O Bernardo está do lado de fora e acena para a gente assim que nos vê.

Fico ali mais um pouco, à distância, só para ver o Bernardo desviar o olhar, o Raí tocar o rosto dele, se ajoelhar, e aí o Bernardo se ajoelhar também, e eles se beijarem. Rápido assim.

A porta do salão balança, Cristina sai por ela e olha para mim. Eu a encaro de volta e sorrio.

O gringo que a acompanhava sai também e passa o braço pelo ombro dela.

Cristina desvia o olhar e observo os dois caminharem até o trailer dela, abrir a porta, entrar e fechar.

Falta

Ouço um barulho à porta e viro para o outro lado na cama. Sinto dores pelo corpo todo.

— Eu estou dormindo! Cai fora! — grito.

— Quack — respondem.

Esfrego o rosto e saio cambaleante pelo trailer.

— O que vocês querem? — pergunto aos patos na entrada, e começo a dar risada.

Dei atenção a eles logo que nos mudamos para cá, e desde então eles vêm me visitar, como cachorrinhos. Meu favorito é o Stuart, que sempre está no grupo, e consigo reconhecê-lo por causa da mancha de coração perto da sua asa esquerda.

Coloco uma roupa larga, chinelos de dedo, e saio atrás deles. Ignoro os rostos ao meu redor até chegar à trilha que dá para o lago. Posso sentir o cheiro da água, e eles também, pois começam a ficar mais barulhentos. O lago é enorme, pelo menos dez vezes maior que a área do camping. Sento sobre a grama à margem enquanto observo os patos boiarem.

Fecho os olhos tentando esvaziar a mente, mas é sempre mais difícil logo que acordo. Minha cabeça ainda está zunindo do sono. Também não consigo refletir sobre meu "não namoro" que acabou, mas sinto um buraco no peito.

— Que cachorros bonitos você tem!

Olho para trás, para ver Raí e Bernardo se aproximando. Raí está rindo e carrega um prato.

— Vieram fazer um piquenique romântico? — pergunto. — Já estou saindo.

— Nada disso — Raí responde. — É uma entrega de *poffertjes*, um doce holandês típico, senhora. Vai pagar no débito ou no crédito?

— Vou pagar em abracinhos, serve? — Sorrio.

— Parece que seu saldo de abracinhos está negativo — diz Bernardo, que se abaixa e me abraça.

Fico mais confortável com a companhia dos garotos. Raí deve ter feito os doces na pressa, porque ficaram um pouco crus, mas não falo nada e como assim mesmo.

— Como vocês adivinharam que eu estava aqui? — pergunto, lambendo o açúcar dos meus dedos.

— Ah, a gente te viu passando na frente do refeitório — diz Bernardo. — Mas se quiser ficar sozinha, a gente entende.

— Não, por favor, não. — Rio. — Eu só queria uma maneira de conseguir ser mais racional quando se trata da Cris. De noite fiquei pensando por que eu arrastei ela do Brasil até aqui. Sabem... Por quê?

— Não é como se a gente tivesse pensado muito — diz Raí. — Toda noite, eu fico pensando como estão minha mãe e o Max. Ela disse que ia pra casa da minha tia no interior e a gente nem discutiu direito.

— Eles estão bem. — Seguro a mão de Raí. — Toda noite eu ligo meu telefone descartável. Até agora, nenhuma mensagem.

— Sinto falta do meu celular. — Bernardo ri. — Às vezes, eu me sento à mesa e ainda penso em verificar minhas notificações do Facebook. Ou então eu penso: "Que paisagem bonita, quero tirar uma foto", mas não tenho como.

— Eu sinto falta da comida da minha mãe. — Suspira Raí. — Ela passou a vida inteira me dizendo que comida de fora é veneno, e agora eu acredito nisso.

Olho para as minhas mãos.

— O que eu mais sinto falta é do poder que eu tinha. De achar que tinha tudo sob controle.

— Acho que eu sei do que a gente precisa — diz Raí, olhando para o céu.

— Um restaurante brasileiro? — pergunto.

— Procurar um sentido para a vida? — diz Bernardo.

— Não. — Raí nos encara, e vejo um sorriso brotando nos cantos da boca e dos olhos. — LSD.

A viagem

— Preparados para uma das experiências mais loucas das suas

vidas? — Raí corta dois papeizinhos pela metade e entrega um pedaço para cada um.

Os patos nos encaram com curiosidade.

— Não me faça voltar atrás. — Encaro o papelzinho na mão e vejo que atrás dele aparecem uns desenhos coloridos. — Você já usou, Be?

— Segunda vez aqui — ele também parece concentrado na parte do papel que recebeu.

Raí nos encara.

— Ei, gente, relaxa. Essa dose é bem suave. Pelo menos toda vez que eu usei, ainda era eu mesmo, viajei só o tanto que eu me permiti, e uma vez consegui até fingir que estava sóbrio pros professores.

— Você já foi chapado de doce pra *aula*? — pergunta Bernardo.

— Viu? — Raí sorri para mim. — Nem o Be percebeu.

Sinto o buraco no meu peito se revirar com um barulho vindo da trilha. Todos olhamos para trás para ver Cristina chegar.

— Oi, gente — ela diz baixinho. — Desculpa, não vi que estava todo mundo aqui.

Ficamos em silêncio.

Mesmo em um dia quente e entre amigos, ela continua usando base, delineador e roupas escuras e apertadas.

— Acho que... depois eu volto — ela diz.

— Não — respondo. — Pode ficar.

Os garotos me encaram. Cristina fica parada por um instante, como que testando minha resiliência, então caminha em nossa direção e se senta de frente para mim, o mais afastado possível, sem quebrar a roda.

— Já usou doce antes? — Raí pergunta para ela. — Sobrou uma metadinha.

— Isso é LSD, né? — Ela também pega um papelzinho. — Bom, existe a primeira vez pra tudo. A gente vai ficar aqui e ver elefantes cor-de-rosa?

Raí coça a cabeça.

— Provavelmente, não. Agora, coloquem o papelzinho embaixo da língua e deixem lá — diz Raí, dando o exemplo.

— E se a gente engolir o papel? — pergunto.

Ele desvia o olhar, parecendo pensativo.

— Uma vez eu engoli o papel e não deu barato nenhum. — Ele nos encara. — Não engulam o papel.

Deitamos sobre a grama e observamos o céu azul. O clima esteve quente durante toda a semana. Será que o azul está mais azul do que deveria? O formato das nuvens mais alongado? Difícil dizer.

— Demora quanto tempo pra fazer efeito? — Cristina pergunta.

— A gente deve começar a sentir em uma meia hora — Raí responde. — Eu trouxe uma dose extra, caso a gente precise, mas acho que metade é o suficiente, principalmente porque é a primeira vez de vocês.

Viro de lado e me distraio observando os patos. Eles boiam de um lado para o outro seguindo seu caminho natural, nunca desviando da natureza, nunca questionando suas ações.

— Cris, o que você está fazendo? — ouço Raí.

Olho para o lado a tempo de vê-la tirando o dedo do prato com mais um pedaço de papel e colocando embaixo da língua.

— Acho que não está fazendo efeito. — Ela dá de ombros.

— Que merda, Cris, você não aguenta esperar meia hora? — Eu a encaro.

— Calma, Bia, isso aqui não é crack, é só LSD, sabe? — Ela vira os olhos.

— Isso. — Eu rio. — Odeio quando você faz isso.

— Isso o quê? — Ela afina a voz.

— Quando você vira os olhos pra mim, mostrando a garota mimada que você é, acostumada a ter tudo aos seus pés, se achando muito especial.

Cristina desvia o olhar e respira fundo.

— Sabe — continuo —, de noite eu me perguntei por que eu te trouxe, mas eu nunca perguntei por que é que você resolveu vir com a gente. Quer dizer, não é como se você me amasse.

Ela me encara com a boca aberta e olha para os garotos.

— Eles sabem. — Dou risada. — Tem um limite para quanto tempo a gente consegue esconder um seja lá o que a gente tinha até ontem.

Ela continua me encarando, mas uma careta começa a se formar em seu rosto, contorcionando ele inteiro, como se ela estivesse aterrorizada.

— Cris? — chamo.

Ela começa a soluçar, e esse soluço se transforma em risada, e ela ri cada vez mais alto, ficando difícil entender se ela está rindo ou chorando.

Olho para os lados e vejo que Bernardo está de pé encarando uma árvore, alheio a tudo o que acontece, enquanto Raí continua deitado, esfregando o corpo contra a grama.

Viro para o lago e vejo o reflexo do sol se alongar como um gigante e me cobrir. Quase posso tocar esse reflexo e sentir seu calor me abraçar, mas ele se afasta para depois se aproximar novamente. A vibração da água está bem diferente, mas de uma maneira que sempre esteve ali e eu não percebia. Parece falar comigo, mas não consigo ouvir daqui. Preciso chegar mais perto, então me levanto.

Ao chegar na margem, os patos de antes ficam na minha frente e fazem:

— Quack quack quack. — Em sintonia, dizendo que o Universo foi construído em camadas e eu só descobri mais uma.

Em seguida, eles fazem uma dança que fala sobre separação, e sobre como todas as mudanças na vida são engraçadas e tristes ao mesmo tempo, porque a vida é uma sequência constante de "agoras". Conforme reproduzo os movimentos, entendo a cada passo que todas as coisas são e não são ao mesmo tempo. O amor de um amante, a presença do toque, o frio do inverno, tudo o que compreende o cosmos.

Cristina se senta ao meu lado e eu me sento também, enquanto os patos fazem uma nova dança, mas ela é tão absurda que não conseguimos apreender seus conceitos. Rimos e choramos ao mesmo tempo, cada vez mais alto, até cansar, e nos abraçamos.

Ela se deita sobre mim e tira minha bermuda, o que me faz consciente de onde estou. Olho ao redor e encontro Bernardo abraçado a uma árvore, com Raí trepando nele por trás, suas calças arriadas até os pés.

Meu pensamento sai de foco quando Cristina me penetra com sua língua pela primeira vez. Gozo quase que imediatamente, mas isso só me deixa com mais tesão. Novamente sou invadida por conceitos que não consigo compreender, e as lágrimas escorrem pelo meu rosto enquanto ela se esbalda em mim.

Quando parece que estou em um *loop* infinito de sensações, ela sai, tira sua bermuda e se encaixa em mim. Tudo o que sempre tive vontade de fazer, mas não fiz. Todas as promessas silenciosas sendo cumpridas passo a passo, tanto que agora somos observadas pelos patos em transe.

Felicidade é não querer que este momento acabe, postergar seu fim, repetir em pensamento e fazer o possível para que aconteça novamente, não importam os pecados do passado, porque felicidade é um privilégio.

Para viver minha vida assim, eu aceito sua demora, eu aceito sua natureza, eu aceito sua traição.

Eu aceito.

Eu aceito.

Eu aceito.

Celular

Acordo com o sol baixo, meu corpo úmido sobre a grama, a respiração de Cristina atrás de mim. Sinto que as luzes estão agora mais ou menos no mesmo lugar, então beijo o rosto dela continuamente para acordá-la.

Seus olhos brilham como o lago ao se abrir e ela me beija com os lábios mais macios que já toquei, num beijo que não tem pressa de acabar. O dia escurece de repente e nos afastamos. O rosto de Cristina se contorce novamente.

— E se isso nunca acabar? — ela pergunta, sem desfazer a careta.

— Acabar o quê?

— As imagens! — ela grita. — Todas. Essas. Imagens.

Ela se levanta abruptamente e se aproxima do lago cambaleante. Levanto em um salto, pensando se sou capaz de tirá-la da água caso se jogue. Olho ao redor, mas não vejo Raí ou Bernardo em lugar algum. Também está escuro demais para se enxergar à distância. Cristina rasteja até a margem e observa sua própria imagem refletida.

— Essa não parece comigo — ela diz e me encara, com a mesma careta, então se desfaz em riso e choro.

— Cris, vem comigo. — Sento ao seu lado. — Vamos para o quarto?

— Você já não falou isso? — ela pergunta, se levanta e começa a se afastar de costas.

Observo em silêncio, sem saber o que dizer.

— Você já...? — ela repete, e então vira e corre em direção à trilha.

Corro atrás dela assim que encontro meus chinelos no escuro, mas não a vejo pelo caminho. Seu trailer está trancado e com as luzes apagadas. Procuro por ela no banheiro, no salão e em todos os outros lugares possíveis, sem ter como saber se ela está lá dentro.

Volto para meu trailer e deito na cama, ainda ofegante. Afasto o colchão um pouco para tirar o celular do esconderijo e pressiono ligar.

Após a musiquinha, leio: 1 nova mensagem. Pressione Enter para ler.

Meu coração bate mais forte de ansiedade. Respiro fundo olhando para a tela antes de finalmente entrar na mensagem.

Número desconhecido:

Mãe abatida.

Max seguro.

Conta comigo

Conto sobre a mensagem para Raí na manhã seguinte, junto a Bernardo, que passa a mão pelo ombro do namorado, beijando a cabeça dele.

Raí encara Bernardo sem alterar sua expressão.

— Sai. — Ele olha para mim e repete: — Sai.

Aguardamos do lado de fora, olhando para a porta. Ouvimos passos, até que começa a tocar AC/DC em um volume muito alto. Ainda assim, é possível distinguir os gritos de Raí por trás da música.

Não consigo evitar as lágrimas, e Bernardo já está com a cara toda vermelha quando nos abraçamos e soluçamos juntos.

— Eu não acredito nisso — ele diz com a voz bem fina.

Não encontramos Cristina no refeitório e não ouvimos barulho algum de dentro do seu trailer. Decidimos alugar a sala de cinema pelo dia inteiro e ficamos abraçados assistindo a clássicos. *Clube da Luta* (*"Seu nome é Robert Paulson"*), *Exterminador do Futuro 2* (*"Por que vocês choram?"*) e *Conta comigo* (*"Por que ele teve que morrer, Chris?"*).

Estamos em transe vendo os créditos do filme passarem, quando ouvimos uma batida à porta.

— *LEAVE US ALONE!* — grito, para ver se nos deixam em paz.

A porta se abre por fora e demoro um instante para reconhecer Cristina de cabelo raspado e com uma maquiagem de olho bem mais leve do que o de costume, só um lápis preto nos cantos.

Reconheço a camiseta e a bermuda jeans que ela está usando. Eu devo ter deixado no trailer dela um dia desses.

— E aí, o que vocês estão vendo? — ela pergunta.

Sentamos em um sofá do salão de jogos e acendo um baseado depois de inteirar Cristina sobre a mensagem que recebi à noite.

— Mas será que não podiam estar falando sobre outra mãe? — ela pergunta depois da primeira tragada.

Olhamos para Bernardo por um instante.

— A mãe do Be provavelmente não estava na lista. — Balanço a mão. — E não ia fazer sentido falar da mãe do Be para em seguida falar do irmão do Raí.

O gringo que estava aos amassos com Cristina na festa passa por nós e acena. Cristina sorri, passa a língua nos lábios, fecha a cara abruptamente e levanta o dedo do meio. O rapaz se afasta com uma careta.

Encaramos Cristina com os olhos esbugalhados e ela começa a rir.

— Qual é a de vocês? — ela pergunta.

— Qual é a sua, querendo virar uma superlésbica da noite para o dia? — pergunto séria, mas não consigo evitar a risada.

Cristina se inclina em minha direção, coloca a mão sobre meu rosto e olha diretamente em meus olhos.

— Eu nunca senti atração por mulher nenhuma antes nem depois de te conhecer, mas, bebê, eu sou superlésbica por você.

Continuo suspensa com um sorriso fixo no rosto, apenas retribuindo o olhar e absorvendo as palavras, então ela me beija. É gostoso pegar em sua nuca raspada, até que ela se afasta.

— É estranho não ter o Raí por perto dando risada e dizendo que a felicidade é agora. — Cristina desvia o olhar e depois me encara. — Preciso tentar uma coisa. Me arranja um violão.

Estamos em frente ao trailer de Raí. Ele está em silêncio. Cristina senta sobre o degrau da entrada e começa a tocar e cantar.

Nunca pensei um dia chegar
E te ouvir dizer:
Não é por mal
Mas vou te fazer chorar
*Hoje vou te fazer chorar**

---

* "Canção pra você viver mais", John Ulhoa; BMG, 1998.

Ouço a porta abrir para sair um Raí cabisbaixo, que se senta na grama.

— Eu... — sussurra Raí. — Eu não...

Lágrimas escorrem e ele soluça. Pego a mão dele, enquanto Bernardo o abraça.

— Eu nunca disse que eu amava muito ela — ele diz com a voz embargada, afinando no final.

— Ela sempre soube — sussurro para ele com dificuldade. — Ela sempre soube.

Faz um tempo eu quis
Fazer uma canção
Pra você viver mais
Faz um tempo eu quis
Fazer uma canção
*Pra você viver mais**

Águas de março

Andamos pela cidade sobre nossas bicicletas, passando por pontes e acompanhando o rio, para depois virar na rua que dá para a melhor hamburgueria da cidade.

— E aí? — Jogo a pergunta no ar, assim que todos dão a primeira mordida.

— Bom...? — diz Cristina, com a boca cheia e um rastro de ketchup sobre sua bochecha.

— Bom — concordam os garotos, acenando com a cabeça.

* "Canção pra você viver mais", John Ulhoa; BMG, 1998.

Saímos de lá e subimos de novo em nossas bicicletas. Uma senhora se assusta e levanta o braço quando subimos na calçada para evitar o trânsito.

— Desculpa! *Sorry!* — grito em sua direção, para ver Cristina, Bernardo e Raí rirem da minha cara.

Raí compra um conjunto com *kilt*, camisa e bota, e decide que vai voltar para o camping vestido assim.

— Experimentem! — ele grita enquanto pedala. — Dá um ventinho ótimo nas bolas!

— Você não precisa usar sem cueca! — Ri Bernardo.

Entramos em uma loja de discos de vinil. Raí é o primeiro a levantar um disco, *Elis & Tom*, de 1974*.

— Minha mãe amava isso aqui — ele diz com voz abafada.

— Vamos ouvir? — Seguro sua mão.

Entramos na cabine de som e começa a tocar "Águas de março**". Todos nós dançamos pouquinho, restritos pelo espaço pequeno.

Conforme o céu vai escurecendo e o ar ficando úmido, voltamos as mesmas ruas e pontes até chegarmos ao camping antes da chuva cair. Prendo a bicicleta com o cadeado e corro para meu trailer, à frente dos outros. Sinto os primeiros pingos de chuva no rosto antes de abrir a porta.

Levanto o colchão, aperto o botão de ligar do celular e aguardo.

A música de abertura me deixa impaciente. A animação oito *bits* do logotipo do celular.

Ouço um barulho vindo do lado de fora.

Nenhuma nova mensagem.

Não sei se Cristina consegue perceber, mas a única palavra que ecoa na minha mente quando ela entra é "alívio".

---

*. Álbum "Elis & Tom"; Philips, 1974, Trama, 2004.

**. "Águas de março", Antonio Carlos Jobim; Philips, 1974, Trama, 2004.

Anacrônico

Meu celular vibra embaixo do travesseiro e levo minha mão a ele, com a visão ainda embaçada de sono. Devo ter me esquecido de desligá-lo.

1 nova mensagem.

Número desconhecido:

Estão todos mortos.

Você é a próxima.

Em seguida, ouço minha porta se abrir e me viro para vê-la, mas não estou mais no trailer em Amsterdã. Estou no meu quarto, em minha casa de Guarulhos. Raul entra acompanhado com mais outros homens armados de preto, todos de óculos escuros. Ele assobia uma canção que não identifico imediatamente e se aproxima o suficiente para que eu me lembre de sua barba encardida e seu gosto por camisas havaianas. Então, ele mesmo aponta uma pistola para mim e para de assobiar.

Eu não consigo me mover nem dizer nada.

Acordo com o pescoço e tronco ensopados de suor. Cristina faz um murmúrio ao se mexer ao meu lado. Desfaço a tensão e afundo no travesseiro. Começo a rir.

Coloco a mão na frente da boca para não acordar Cristina, mas é um esforço inútil. Ela abre os olhos e os fecha novamente, antes de se espreguiçar com um som agudo em sua boca.

— O que foi? — ela diz, com a voz meio abafada pelo travesseiro. — Eu fiz alguma coisa engraçada enquanto dormia?

Faço um cafuné na cabeça dela, pensando em como colocar em palavras.

— Ele estava assobiando Sandy & Junior — respondo, e desato a rir novamente.

— Quem? Do que você está falando? — ela pergunta, e se aninha para mais perto de mim.

— Eu sonhei com o Raul. Ele entrava no meu quarto, mas não aqui. Lá no Brasil. E ele estava assobiando uma música.

— E qual música era? — Agora, seus olhos estão espertos e sorridentes.

— Conhece aquela assim: "*Isso não vai ter fim...*"?

— "*Nem que eu quiser você sai de mim...*" — ela continua, agora sorrindo abertamente.

— "*Eu já tentei, mas te esquecer assim não dá...*"

Respiramos fundo, para cantar juntas:

— "*O que é imortal não morre no final.*"*

E desatamos a rir e a beijar. Depois de um tempo, ela afasta o rosto e me encara séria.

— Acho que erramos a letra — ela diz e desatamos a rir de novo.

Não vemos Raí ou Bernardo no refeitório, então fritamos alguns *poffertjes* e nos sentamos nos primeiros lugares vagos que encontramos, de frente uma para a outra.

Nossos olhares se encontram e sinto vontade de dizer, por isso digo:

— Fico feliz por ter trazido você para essa viagem.

Ela se inclina para a frente, com os cotovelos sobre a mesa, e sorri.

— E eu fico feliz por ter vindo.

Um rapaz sentado ao lado de Cristina nos observa. Ele é magro, de cabelo castanho, e sua camiseta tem uma estampa de mão aberta com um olho desenhado no meio.

---

*. "Imortal", Robin Gibb, Barry Gibb, Maurice Gibb - versão em português: Feio; Universal Music, 2000.

— Vocês são um casal? — ele pergunta com sotaque britânico.

Nos encaramos por um instante, olhos esbugalhados.

— Vocês falam inglês? — Ele sorri.

— Sim, desculpa. — Dou risada.

— Gostam de cartas? — Ele tira um baralho da mochila. — Tarô?

Cristina sorri para mim.

— Eu acho... interessante. — Encaro o garoto. — Mas não trouxemos nenhum dinheiro, então...

— Não quero dinheiro. — Seu olhar parece profundo quando ele me encara de volta.

Ele embaralha com habilidade, sem olhar para as cartas.

— Qual o seu signo? — ele me pergunta.

— Sou virginiana. — Desvio o olhar para Cristina, que agora está focada nele.

— Mas tem... ascendente em sagitário? — ele diz.

— Como você sabia? — Minha voz sai mais fina que o planejado.

— Seu visual. Você gosta de viajar... e de garotas piscianas. — Ele encara Cristina.

— Para! — Cristina vira os olhos. — Você pesquisou sobre a gente na internet ou o quê?

— Corte o baralho. — Ele sorri, olhando para mim.

Eu corto para a frente, e ele separa as três primeiras cartas viradas para baixo.

— A Torre representa seu passado — ele diz. No desenho, há uma torre que recebe um raio e pessoas caem dela. — Você veio para cá porque aconteceu uma tragédia, um evento que você não esperava e não podia evitar.

Os olhos do garoto estão fechados e vibrantes agora, então se abrem e ele aponta a segunda carta.

— O seu presente é o Sol. — Na carta, duas crianças brincam juntas e um sol amarelo aparece no topo. — Aproveite este momento. Você tem a energia do Sol, portas abertas para se divertir e realizar o que quiser.

Meu olhar vai direto para a terceira carta. É a carta da Morte. Sinto meu corpo ficar tenso, e minhas mãos começam a suar.

— No seu futuro, a carta da Morte — ele diz. Seus olhos se fecham e vibram novamente.

Cristina segura minha mão sobre a mesa e me observa com os olhos semicerrados. O garoto suspira e abre os olhos.

— Nada de mais — ele sorri. — Mudança, né? Mudança no sentido de renascimento.

Cristina sorri e esfrega minha mão.

— Faz sentido para você? — ele pergunta. — Raramente essa carta fala sobre uma morte real. Mais raramente ainda é sobre a morte da pessoa que tirou as cartas. Digamos que isso só possa acontecer uma vez na vida.

Ele ri. Eu continuo tensa.

O garoto se despede e depois terminamos de comer em silêncio. Continuo pensativa enquanto carrego o prato até a pia.

— O que você achou? — pergunto, esfregando o prato com violência.

— No começo, eu desconfiei, mas ele parecia real. — Cristina sorri. — Senti até minha pele arrepiar. Nunca te contei isso, mas minha mãe lia tarô e essas coisas. Ela dizia que o dom tinha sido passado pra mim, mas... nunca desenvolvi.

Encontramos Raí e Bernardo nas margens do lago, em posição de meditação. Bernardo está quase caindo deitado, mas Raí está firme em sua posição.

Caminhar até eles, passando por frestas do sol que atravessam as árvores, dá uma sensação de que tenho toda a energia do mundo. Olho para Cristina, que está distraída olhando para a água, e fico triste de pensar que nada dura para sempre.

— Shh. — Sinto a mão de Raí pegar minha perna, sem que ele abra os olhos. — Senta aqui também.

E eu me sento, cruzo as pernas como ele e fecho os olhos.

— Pede o que você quiser — ele sussurra.

— Como eu faço?

— É só pedir.

O Universo inteiro está dentro de mim. Cada pessoa, cada pensamento, cada vento, cada gota d'água, cada grão de terra, cada caloria.

— Eu quero voltar para casa.

Primeiro espirro

Estamos sentadas nos degraus do meu trailer, fumando um baseado. Cristina e eu. Ela mantém o cabelo curto, e é agradável passar os dedos.

O céu parece bem azul, a grama parece bem verde, os gringos parecem bem distraídos, e meu amor é ensurdecedor. Talvez por isso eu consiga apenas ver quando um homem caminha à nossa frente, acompanhado pelo anfitrião. Ele segura uma chave em uma mão e um papel laminado com as regras de convivência em inglês na outra.

O homem está todo vestido de preto e de óculos escuros. Manga comprida, apesar do calor. Cristina está assoprando uma flor de dente-de-leão, sem reparar em todo o resto.

O homem levanta os óculos por uma fração de segundo e olha para mim, antes de ajeitar o encaixe no nariz e continuar caminhando como se nada tivesse acontecido. Ele não olhou só na minha direção. Era aquele olhar de um vizinho que memorizou seu rosto, por mais que você não tenha memorizado o dele, e meu instinto diz para acenar com a cabeça, mas me contenho.

Eles entram no trailer adjacente, mas apenas o anfitrião sai, após um minuto.

Depois de tudo isso, eu dou o primeiro espirro e um calafrio invade meu corpo, me fazendo encolher.

Cristina sorri e me observa com olhar semicerrado de curiosidade e diz:

— Deve ser um resfriado.

Estouro

A água quente do chuveiro alivia meus calafrios e melhora minha respiração. Fecho o registro assim que começo a me sentir perigosamente zonza. Abro a porta que dá para a cabine onde estão minhas roupas, mas logo pego a toalha e fecho a porta novamente, a fim de evitar as tremedeiras.

O silêncio geral do lado de fora me deixa alerta. Em minha paranoia, tento fazer a menor quantidade de barulho possível, para ser capaz de ouvir qualquer um que esteja por ali urinando, lavando as mãos ou retocando a maquiagem.

Puxo minha bolsa da estante bem devagar, meus olhos atentos à fresta da porta entre a cabine e o banheiro. Uma sombra invade a fresta bruscamente e eu termino de puxar a bolsa no impulso, derrubando o secador de cabelo no chão.

— Bia, tudo bem aí? — É a voz de Cristina.

— Tudo tranquilo. — Suspiro, enquanto recolho meu secador. Abro a porta e nos abraçamos.

— Você está muito quente. Está com febre — ela ralha comigo. — Tomou banho morno?

— Sim... — Mal evito a risada.

— Você precisa cuidar desse resfriado, sua palhaça. — Ela liga o secador na tomada e começa a mexer no meu cabelo.

— Já pensou? — Continuo a rir. — Jurada de morte no Brasil morre de um resfriado maltratado na Holanda.

Cristina mantém o semblante impassível por um segundo e desata a rir também.

Um estouro do lado de fora.

Viramos para a entrada, olhos esbugalhados, só ouvindo o barulho do secador. Cristina desliga o aparelho, sem se mover.

Um balão vermelho serpenteia a entrada do banheiro e para ali, avançando até bater no teto e regredindo um pouco, aí tomando impulso para subir e descer novamente.

Ouvimos um novo estouro seguido do riso de uma criança.

Cristina liga o secador e continua a mexer no meu cabelo.

Dedos cruzados

Sinto uma mão balançar meu ombro em meio a todo aquele barulho, e abro os olhos.

— Bia, você está dormindo. — Cristina sorri e pega em minha mão. — Vem comigo.

A essa altura da festa, montes de balões vermelhos e brancos já haviam caído de sua posição original, nos obrigando a desviar deles a fim de não tropeçar.

— Já vão embora? — A voz de Raí me parece decepcionada. Um olhar de relance revela que ele está vestindo apenas um *kilt*, sem camisa e até mesmo descalço, apesar de ser uma noite fria.

— Vê se não vai pegar um resfriado — eu respondo, mas não tenho certeza se ele ouviu.

Estou me sentindo grogue dos remédios que Cristina me enfiou goela abaixo, mas pelo menos os calafrios foram embora e – puxo o ar pelo nariz – minha respiração voltou ao normal também.

Cristina se atrapalha um pouco com a chave, mas logo estou em minha cama. Ela me cobre e me dá um beijo no rosto.

— Vou lá fazer companhia para os garotos, tudo bem? — ela sussurra.

— Nada de gringos — respondo com a voz um pouco rouca.

— Eu prometo. — Ouço o som de Cristina beijando seus dedos cruzados, mas neste momento já estou de olhos fechados.

Sinto o corpo inteiro pesado e abro os olhos após grande esforço. Ainda é noite e não vejo Cristina ao meu lado. Ao me virar, percebo que a porta está aberta e solto um resmungo de insatisfação.

Caminho até lá e vejo que pelo menos a chave não ficou na fechadura. Cristina provavelmente não quis me trancar dentro do trailer e a porta se abriu sozinha com o vento.

Coloco a cabeça para fora, para verificar o andar da festa, apesar de não fazer ideia há quanto tempo estou dormindo. Só aí reparo que está tudo muito silencioso. Não só isso, como o salão está apagado e não há qualquer pessoa sobre o gramado. Olho para o outro lado e vejo a silhueta de um homem sentado sobre uma cadeira na frente do trailer. O homem de preto.

Sinto um *iceberg* inteiro cavar meu peito e perco a força das pernas. Eu desabo fazendo barulho ao cair nos degraus. Sobre o gramado, reconheço uma carta caída, com números romanos no topo: a Morte. Levanto a cabeça para ver a silhueta se mover só um pouco, o suficiente para que eu veja um familiar brilho metálico em suas mãos.

O primeiro estouro ativa meu senso de sobrevivência. Cambaleio para trás e fecho a porta atrás de mim. Sinto que, se não morrer por tiro, morrerei pelo esforço, mas empurro a cômoda a tempo de bloquear a entrada.

Vejo a sombra do homem por detrás de cada cortina, se aproximando para tentar definir a minha localização. Aproveito seu movimento para enfiar a mão dentro da gaveta de calcinhas, onde está escondida uma faca militar. Removo a bainha e espero imóvel. Espero o quê? O homem continua a atirar, abrindo buracos na lataria, enquanto eu contenho meus gritos. Enfim, ele caminha até a janela ao lado da cama e quebra o vidro.

Sei que é o fim. Respiro fundo, juntando as forças remanescentes dentro do meu corpo e salto com um impulso para cima do homem, faca em riste.

— Para! Para, para, para. — Ouço uma voz mais fina do que esperava.

A luminosidade ofusca minha visão até eu perceber que estou de olhos fechados. Ao abri-los, vejo que tenho meu braço encaixado no pescoço de Cristina.

— Olha o que você está fazendo — ela resmunga, empurrando meu braço. — Você se mexeu a noite toda, me deixa dormir um pouco.

Levanto o corpo o suficiente para verificar que a janela está com o vidro inteiro e que a porta está fechada.

— Para quieta. — Cristina dá risada.

Ouço batidas à porta. Sinalizo com o dedo para Cristina ficar quieta, mas ela não desfaz o sorriso. Consigo me levantar sem fazer muito barulho ao colocar os pés no chão, abro a gaveta das calcinhas devagar e tiro minha faca lá de dentro.

— Bia! — Cristina me dá um sussurro repreendedor, mas não desvio meu foco.

Abro a porta deixando apenas meus olhos de fora, e com a faca preparada atrás da minha cintura.

Bernardo observa o topo da minha cabeça em silêncio, seus olhos apertados por conta da incidência do sol.

— Volto outra hora?

Fecho a porta e desabo sobre a cama.

— Cuidado. — Cristina ri. — Acho que já está na hora de a gente se mudar pra um trailer de casal.

Encaro Cristina e me jogo para dentro do céu azul em seu olhar. Vou me aproximando até tocar seus lábios com os meus.

— Eu também acho — respondo.

O chalé

Cristina sobe um degrau e bate à porta dos garotos. Uma fresta se abre, e reconheço os olhos redondos de Bernardo.

— Ah, agora vocês querem um pouco de mim?

— Com licença, senhor — respondo. — Estamos olhando uns trailers na região e gostaríamos de perguntar sobre a vizinhança.

— O quê? — Ele abre a porta mais um pouco, fazendo careta.

— Esquece, Bia. — Cristina empurra a porta e Bernardo se afasta. — Garotos não têm imaginação.

O interior do trailer não é muito diferente, fora a cama de casal, mas é um pouco maior e tem decorações coloridas nas paredes. Padrões circulares de vermelho, provavelmente seguindo a cor da lataria.

— Que bom! — Suspiro. — Estou cansada dos tons pastel da minha parede.

Raí dá risada, sem abrir os olhos e sem sair da cama.

— "Tons pastel" — ele repete em tom de zombaria.

— Como é que você chamaria aquilo? — Minha voz sai mais aguda do que eu planejava.

Ele fica em silêncio e desconfio que tenha voltado a dormir.

— Amarelo sujo — ele diz de repente.

Encaro Cristina em silêncio. Começamos a rir. Raí se espreguiça na cama, fazendo careta, e abre os olhos.

— Bia, fico muito feliz que você esteja se sentindo melhor, mas estou morrendo de ressaca. — Ele abre uma garrafa de água e bebe profusamente. — Por que vocês não levam o Be pra procurar um trailer de casal com vocês?

Olho para Bernardo, que dá de ombros e sorri. Caminhamos sob o sol agradável da manhã até a recepção, mas ela está vazia.

Aguardamos sentados sobre um banco de madeira. Bernardo rói as unhas, Cristina olha imóvel para o teto. Um anfitrião finalmente aparece.

— Estão aguardando a próxima van para a cidade? — ele pergunta em inglês. É um homem por volta dos trinta anos, de cabelo e bigode compridos e claros, com o rosto bem vermelho do sol, apesar do boné.

— Não — respondo, antes de pegar na mão da Cristina. — Eu e ela queremos nos mudar dos nossos trailers de solteiro para um de casal.

— *Sweet* — ele sorri, se senta atrás do balcão e começa a folhear em silêncio um caderno bem gasto.

Bernardo volta a roer as unhas e eu já estou procurando o que Cristina tanto olha no teto, quando o homem pigarreia.

— Não temos trailers de casal disponíveis.

Cristina olha para mim com a parte interna das sobrancelhas levantadas e acaricia minha mão.

— Temos só uma opção para casais — ele continua, então se levanta e nos guia até o local.

É lindo. Um chalé de madeira, aconchegante e bem localizado, entre o salão de jogos e a trilha para o lago. Quando chegamos, meses atrás, não havia um desses disponível.

A cama e os outros móveis são iguais aos dos garotos, mas temos uma lareira e uma pequena mesa que não cabe nos trailers.

— O único problema é que é um pouco mais caro. — O homem se senta à mesa.

Olho para Cristina e vejo seu olhar se distrair com cada canto do chalé, às vezes abrindo um sorriso.

— Vamos ficar com ele — respondo, sem tirar os olhos dela.

Não temos muitas roupas para dobrar dentro da cômoda. Terminamos a mudança em pouco mais de uma hora, e Raí, que resolveu aparecer após se sentir entediado, me ajuda a prender o lençol no colchão.

Sento sobre uma cadeira à frente da porta e vejo Cristina e Bernardo caminhando em direção ao banheiro. Um vulto preto passa pela janela ao meu lado e me distrai.

— Quando você superou a morte do seu pai? — Raí me pergunta e toma a cadeira do outro lado da pequena mesa.

— Não se faça de bobo. — Eu rio, mas somente com o nariz.

— Como assim? — Ele me encara.

— Ele foi praticamente um pai para você também. — Suspiro. — Quando você superou a morte dele?

— Tem vezes que passo dias sem me lembrar. — Ele desvia o olhar. — Mas aí me pego fazendo exercícios, flexões, abdominais, movimentos de luta, de novo e de novo, mesmo depois que eu penso não ter mais energias dentro de mim, e sinto ele ali, me dizendo pra não desistir.

— Ele queria que você pudesse me proteger de qualquer coisa. — Sorrio.

— Mal sabia ele que você não precisava ser protegida por ninguém. — Ele me observa de canto de olho.

Giramos em sincronia e batemos os cotovelos direitos sobre a mesa. Grudamos as mãos e acenamos com a cabeça.

— Se eu ganhar, fico com o chalé! — ele diz. Uma marca em sua têmpora começa a aparecer com o esforço.

— Não vale! Você treina muito mais que eu!

Nossos braços tremulam, sem sair do lugar. Respiro fundo.

— Se eu ganhar, você vai ter que me contar algo que nunca contou. — Encaro Raí.

Ele esbugalha os olhos, respira e volta a encarar sua própria mão.

Faz muito tempo desde nossa última queda de braços. Raí não está esperando quando uso o truque de deixar o braço cair e voltar com tudo, batendo a mão dele na mesa com um estalo.

Ele balança a mão com uma careta e suspira.

— E então?

— Onde você se escondia, quando a gente brincava de esconde-esconde?

Raí desata a rir e abraça a própria barriga.

— Você passou todos aqueles anos estudando nos Estados Unidos, mas o maior mistério da vida ainda era onde eu me escondia durante o esconde-esconde?

— Eu não posso morrer sem saber! — E, com isso, também começo a rir.

Ele se ajeita na cadeira.

— Sempre tive inveja dessa parte da sua vida — ele diz, ainda sorrindo. — Ou então era só a angústia de ter ficado sozinho no meio dos adultos. Só fui conhecer o Bernardo uns dois anos depois, e meu irmão era um bebê.

— E eu sempre tive inveja de você — digo, com a voz rápida e aguda. — Eu tive que ir embora enquanto você pôde ficar nos lugares que eu amava, com as pessoas que eu amava.

Ele me encara com apenas uma sobrancelha levantada.

— Tudo bem, eu amei viajar e conhecer novos lugares e novas pessoas. — Desvio o olhar e começo a rir. — Mas a saudade nunca me abandonou. E partiu meu coração não ter conseguido me despedir do meu pai.

— Eu me escondia na piscina.

— Impossível. — Bato a mão sobre a mesa, encarando-o.

— Toda vez — ele diz devagar e pausadamente.

— Eu gastava um tempão ali no gramado! — Aponto o dedo na cara dele. — Você tinha o quê? Sete, oito anos? Teria morrido afogado!

— O que posso dizer? — Ele coloca as mãos atrás da cabeça e se recosta na cadeira. — Sempre tive bons pulmões. Eu agarrava a escada da piscina e ficava lá embaixo, bem rente à parede, contando meu tempo e esperando você sair.

Só notamos a chegada de Cristina e Bernardo quando já estão muito próximos. O cheiro de comida abre um rombo em meu estômago.

— Trouxemos o almoço, pra estrear a mesa. — Cristina me entrega alguns potes enquanto Bernardo ajeita os pratos e talheres.

Temos arroz, feijão e alguns filés de frango. Só consigo observar, em choque. Raí se levanta da cadeira.

— Vocês têm noção de quanto eu sentia falta disso? — ele grita. — Onde vocês arranjaram?

— O Be que conseguiu. — Cristina sorri.

— Peguei tudo com um casal de brasileiros que se mudou pra cá uns dias atrás — diz Bernardo. — Eu mesmo fritei os filés, então espero que estejam bons.

Comemos em silêncio. Procuro apreciar cada garfada lentamente.

— Posso pegar o último? — diz Raí, com o prato limpo.

O banho

Estou nua, exausta, com os membros esticados sobre o lençol. Cristina, de pé ao lado da cama, sobe sua bermuda.

— Não! — resmungo.

Ouço ela prender o botão.

— Levanta, senão vão ocupar todos os chuveiros antes da gente chegar lá.

— A gente precisa mesmo? — Fecho os olhos e viro para o outro lado.

— Você me deixou toda melada. — Cristina ri.

— Desculpa. — Taco o travesseiro nela, rindo também. — Nunca mais faço massagem com óleo.

— A massagem não durou nem cinco minutos — ela sussurra. Seu rosto está tão próximo do meu que eu poderia morder seu nariz com pequenas sardas no topo.

— Mas o serviço foi completo. — Beijo seus lábios.

— Não! Não, não, não! — Ela se afasta. — Levanta. Roupa. Banho.

Revezamos o mesmo chuveiro, porque não há outro disponível, e fico entediada sentada no banco, após secar o cabelo.

— Cris, você está bem? — provoco.

— Nem faz tanto tempo assim! — ela grita.

— Vou lá fora — respondo, colocando a bolsa sobre o ombro.

Pego um cigarro de menta e começo a revirar a bolsa atrás de um isqueiro, mas não está em canto algum. Uma mão surge à minha frente com um isqueiro aceso, e meu coração gela antes que eu possa levantar o olhar para o homem de preto.

Eu trago e solto, sem tirar o cigarro da boca e sem me mover. Ele só encosta na parede e me observa, sem dizer nada.

Minha faca está na cabana. Talvez eu consiga imobilizá-lo, mas eu não sei o que ele pode ter por baixo da jaqueta e quão rápido ele conseguiria pegar esse algo.

Ouço passos de dentro do banheiro. O homem levanta os óculos bem rápido, como se me cumprimentasse, e se afasta.

— Viu? — diz Cristina, com um sorriso enorme no rosto. — Bem melhor agora, de banho tomado.

Voltamos para o quarto. Cristina alegre e falante, eu calada e atenta. Não vejo o homem misterioso no caminho.

— Como assim, você não quer ir pra festa? — Cristina levanta a voz, pega o travesseiro do chão e joga em mim.

— Podemos chamar os meninos e ficar aqui no chalé. — Desvio o olhar. — Uma festinha particular.

— Nossas rotinas são uma festinha particular — ela diz pausadamente e descamba a rir. — A gente vai.

Finjo coçar as costas só para sentir minha faca escondida atrás da jaqueta e me sinto mais segura. Raí acena para nós já com uma garrafa de cerveja na mão, logo adiante.

Próximo à entrada do salão de jogos, vejo uma barraca improvisada com uma placa onde se lê "Correio do amor" em inglês. Funcionários do camping servem de mensageiros dentro da festa, pela taxa de um euro.

O garoto britânico que tirou cartas para mim está ali e nos encara assim que entramos, mas continua andando sem dizer nada. Ele está vestindo a mesma camiseta da mão com o olho no centro.

— Olha isso. — Cristina sorri e levanta o braço. Seus pelos estão todos arrepiados.

Ela me arrasta até o bar e pede uma cerveja.

— Vai querer o quê?

— Nada — respondo.

— Como assim, "nada"? — ela levanta a voz por conta da música. — Não curou do resfriado?

Aceno com a cabeça e faço um carinho em seu ombro.

— Só não estou a fim.

Dançamos juntas quando começa a tocar "Cosmic Love", da Florence and the Machine*. *Adoro o cheiro natural do corpo dela*, é o que estou pensando, agora que estamos bem próximas.

— Assim você faz cócegas no meu pescoço — ela ri e se afasta, sem desviar o olhar de mim. Seus olhos refletem as luzes da festa, como uma galáxia só minha.

---

*. "Cosmic Love", Florence Welch, Isabella Summers; Island/Universal, 2009.

A próxima música é "Booty", da Jennifer Lopez com a Iggy Azalea*, então mantemos a distância, nos limitando a sorrir uma para a outra.

Noto que os olhares estão se virando para a mesa de sinuca e estão todos batendo palmas dentro do ritmo da música.

Raí está lá no topo, dançando e desabotoando sua camisa. Ele a deixa deslizar por seus braços, arrancando gritos e assobios de homens e mulheres. Segura a camisa antes que ela caia, gira e joga na direção de Bernardo, que, vejo agora, está rindo e assobiando com a plateia.

Sinto um dedo cutucar meu ombro. É uma moça vestindo o uniforme do camping. Ela levanta um pedaço de papel em sua mão e me entrega, antes de sair.

"*Me encontre no lago. Venha sozinha*", está escrito em inglês. Na assinatura, o desenho de um par de óculos escuros.

Vejo Raí descer da mesa e beijar Bernardo de maneira a arrancar mais aplausos; vejo Cristina, perfeita, sorrindo e aplaudindo, sua mão em seguida procurando a minha, mas não posso oferecê-la. Viro as costas e começo a caminhar.

Atravesso a porta de empurrar, desvio de alguns casais bêbados deitados na grama e continuo em direção à trilha. Estou alerta o tempo todo. Será que ele vai pular sobre mim detrás da próxima árvore? Ou será que ele é um atirador de elite, esperando apenas que eu me afaste da multidão para evitar um tumulto?

No fim da trilha, piso sobre um graveto seco, que faz meu couro cabeludo se encrespar. Ainda estou viva, ainda estou ilesa. Controlo minha respiração para não ficar ofegante.

---

*. "Booty", Armando Pérez, Asia Bryant, Benny Medina, Chris Brown, Cory Rooney, Danny Omerhodie, Jennifer Lopez, Lewis D. Gittus, Tedra Renee Wilson, Thomas Wesley Pentz; Universal, 2014.

Minha visão se acostuma ao escuro e vejo uma figura sentada próxima ao lago. Eu me aproximo. Ele vira a cabeça em minha direção e aponta o gramado ao seu lado. É o mesmo homem de antes, com a mesma jaqueta, mas sem os óculos.

Assim que eu me sento, ouço ele respirar fundo antes de jogar seu corpo sobre mim, me deixando deitada. Ainda assim, consigo manter minha mão direita em posição para atravessar seu abdome com a faca.

Estamos fazendo um jogo de quem se move primeiro. Eu sou boa nisso. O primeiro a fazer um movimento equivocado perde.

— Você é tão linda — ele sussurra em inglês, me tirando toda a concentração.

— Como é? — Meus olhos perdidos, sem foco.

— Todo esse tempo nos admiramos de longe e agora posso finalmente te tocar. — Ele acaricia meu rosto, e eu abandono a faca na bainha presa às minhas costas.

Todo o meu treinamento volta à tona.

"É como andar de bicicleta", diz meu pai, em minha cabeça.

Em dois movimentos, tenho o homem imobilizado no chão e estou puxando seu braço direito para cima.

Ele grita, mas algo dentro de mim está pulsando e eu continuo a puxar. Quero quebrar seu braço e depois continuar quebrando até o fim.

Vejo sua boca se mover, seu rosto se contorcer, mas não escuto mais nada.

Sou puxada para trás e sinto o cheiro de Cristina. Seu cheiro delicioso, que me relaxa. Raí e Bernardo colocam o braço do homem no lugar.

Minha audição volta ao normal. Ainda estou viva, ainda estou ilesa.

— Bia, você está bem? — Ouço Cristina em meio à gritaria do homem.

Encaro Cristina e beijo sua boca, a língua dela está imóvel pela surpresa. Respiro fundo, me levanto, caminho até o homem que agora grita comigo e lhe meto um chute na virilha que o desaba.

— Vamos voltar para a festa. — Sorrio.

Sapo

Desperto com a luz do sol batendo sobre as cortinas brancas, que tremulam com a brisa leve da manhã. Cristina ainda dorme, e eu me apoio sobre os cotovelos para observar os pelos mais claros e loiros entre os mais escuros de sua sobrancelha, seus cílios, que são mais compridos do que eu pensava, a textura de seus lábios, que lembram *marshmallows*.

Equilibro nos braços uma bandeja com café, torradas e doces, quase tropeçando na saída do refeitório. O homem de preto me observa de longe e faço questão de levantar um dedo do meio, sem tirar a mão do lugar. O braço direito dele está preso a uma tipoia.

De volta ao chalé, dou um beijo no pescoço de Cristina e espero a pele em volta se arrepiar. Ela sorri. E com a testa toda franzida, resmungando.

— Isso não se faz — ela diz em meio a um bocejo.

Eu a abraço por cima do lençol e acaricio seu cabelo.

— Trouxe café — sussurro em seu ouvido.

Termino de tomar meu café e Cristina ainda está na metade do dela. Eu me inclino sobre a mesa e rio.

— Sabe o que eu fico pensando? — Ela dá mais uma bicada.

Ela suspira e coloca a mão sobre a minha.

— Fico pensando se vai ser assim quando a gente voltar.

— Como assim? — Aperto sua mão.

— Você volta a trabalhar, eu volto para a faculdade, e aí? — Ela desvia o olhar.

— E aí o quê? — Eu rio.

— Não sei. — Ela sorri para mim. — Eu só quero dizer que acho tudo tão perfeito agora que tenho medo de mexer.

Desvio o olhar para a cama bagunçada e suspiro.

— O que foi?

— Preciso confessar uma coisa — digo. — Não é só você que tem sentido medo.

Olho para baixo, como se minha visão pudesse atravessar objetos e chegar no celular desligado. Finalmente tenho uma ideia.

Nós nos reunimos sentados em círculo sobre o gramado às margens do lago. Cristina à minha esquerda, Raí à sua frente e Bernardo ao seu lado. Os olhares voltados para o celular descartável desligado em minha mão.

A temperatura está amena, o céu nublado, mas sinto o suor escorrendo por dentro da minha camiseta.

— Então, faz quanto tempo que você não liga? — pergunta Bernardo.

— Só umas duas semanas — digo pausadamente. — Provavelmente não tem nenhuma mensagem nova, mas depois de tudo que aconteceu eu não quero mais carregar esse peso sozinha.

Olho para os rostos ao redor, que estão agora virados para mim. Um a um, depositam sua mão direita sobre a minha, e respiro fundo.

— Vamos lá.

Aperto o botão de ligar e o silêncio é ensurdecedor, quebrado apenas pela música de abertura do celular. Raí desvia o olhar, seus olhos semicerrados.

1 nova mensagem.

— Tem uma mensagem nova — digo, mas minha voz sai estoica, sem emoção.

Ninguém abre a boca. Levo o dedão até o botão *Enter*. Uma gota de suor termina de percorrer o caminho pelas minhas costas e se deposita em meu cóccix.

Dor. Uma dor pungente atravessa minha mão antes que meu cérebro possa processar.

Levanto o olhar e todos continuam sentados, olhares em transe. Há um único erro nessa imagem: um esvoaçar espevitado sobre o ombro de Bernardo, já atrás dele.

Stuart.

Reconheço o pato se afastando de nós em direção ao lago. A mancha em formato de coração perto de sua asa.

Sem aviso, o sentido de urgência nos leva a tomar um impulso em direção à ave, que continua se afastando com meu celular em seu bico.

O pescoço de Stuart balança para cima e para baixo, suas patas agitam a grama no desespero da fuga. O sol nos atinge de frente, aumentando a sombra atrás de nós.

Posso ver a boca de Bernardo se abrir em um formato oval para um grito, sua mão direita esticada para a frente; Raí se inclina todo para a frente, como um atleta olímpico; Cristina range os dentes, suor escorre pela sua testa.

O som nos atinge antes da imagem: *tchibum*.

Ao entrar no lago, o instinto de Stuart fala mais alto e ele precisa encher o bico de água, abandonando seu espólio no lugar. Enfileirados à margem, encaramos em silêncio as bolhas que surgem do aparelho afundado.

A brisa que vem do lago é fresca, tira os fios de cabelo da minha testa e balança nossas camisetas.

— Quem é a favor de procurar notícias no computador da recepção? — diz Bernardo.

— A gente não devia. — Meu olhar está perdido e desfocado sobre o lago.

— Você tem que registrar o acesso com o número do seu documento — diz Raí.

— Que se dane — sussurra Cristina.

Todos olhamos para ela. Cristina respira fundo e vira as costas para o lago, caminhando em direção à trilha.

— Cris? — chamo, mas ela não para de andar.

Todos corremos atrás dela, que não abre a boca até chegarmos à recepção.

— Quero acesso à internet, por favor — ela diz, entregando seu passaporte ao funcionário no balcão.

Todos permanecemos calados – Eu faço isso porque sei que não vou conseguir comer, dormir e continuar vivendo essa vida de faz de conta sem saber do que se tratava a mensagem. Precisamos ao menos tentar — Cris se vira e diz para nós.

O funcionário termina de digitar as informações, devolve o passaporte e aguarda um pequeno pedaço de papel sair de uma máquina. Nele, estão impressos usuário e senha para acesso ao computador.

Fico de pé atrás de Cristina, com as mãos nos ombros da cadeira, enquanto ela faz uma busca prévia nos principais sites de notícias. Tanta informação, e nada se encaixa no quebra-cabeça abandonado desde a última vez que li um jornal. Atentados de um novo grupo terrorista, protestos por uma causa que desconheço, políticos que votam uma medida impopular, mas a chamada informa: opinião de especialistas é dividida.

Preciso me sentar em um banco do outro lado da sala e absorver devagar, como alguém que passa sede por muito tempo corre o risco de tomar água em excesso.

— Qual o sobrenome do Raul? — Cristina pergunta, sem desviar o olhar na tela. Bernardo tomou meu lugar atrás da cadeira e Raí está espalhado na cadeira ao lado.

— Não tenho certeza — digo. — Lembro que era um desses sobrenomes comuns.

— Deve ter uma foto aqui — ela diz.

Ouço um clique duplo.

— É ele! — Raí grita e fica ereto na cadeira, absorto pela tela do computador.

Eu me levanto e caminho sem pressa, enquanto os olhos dele se movimentam sem mover a cabeça.

Meu coração dá um salto assim que meus olhos focam o título "Traficante paulista é morto na prisão".

— Ele morreu uma semana atrás — sussurra Bernardo.

— O que isso significa? — Cristina me encara, seus olhos apertados.

— Vamos voltar para... — Minha voz sai abafada, como se eu tivesse um sapo na garganta, e termino em um sussurro: — casa.

Este número

Esperamos dez minutos pela próxima van saindo em direção à cidade. Cristina aperta minha mão quanto mais nos aproximamos da estação de trem, mas seu olhar é vago e distante. Raí segue toda a viagem cabisbaixo, com a cabeça encostada no peito de Bernardo, que passa o tempo todo mordendo os dedos.

Compramos bilhetes para descer duas estações depois, mais perto do centro. Tomo a frente na caminhada e sigo em direção à central telefônica. Pedimos ajuda a uma senhora uniformizada, com alguma dificuldade para nos comunicar, e compramos créditos suficientes para fazer uma ligação internacional.

Confiro minhas anotações rabiscadas dentro de um bloco de notas e começo a discar.

"Este número se encontra fora de área ou desligado...".

Tento outro número.

"Este número se encontra..."

Levanto a cabeça e vejo todos os olhares sobre mim.

— Última tentativa. — Aperto os olhos e disco o terceiro número anotado.

"Este número..."

Caminhamos sem rumo, em silêncio, até encontrar um bar cheio de pessoas jovens rindo e conversando.

— A gente vai voltar de qualquer jeito — digo —, então vamos sentar bem aqui para beber e comemorar.

Raí levanta a cabeça e abre um grande sorriso.

— Sim! — ele grita. Em seguida, passa os braços por cima dos ombros de Bernardo e Cristina e começa a pular. — Brasil, e-ô! Brasil, e-ô!

— Vou ver meu pai! — grita Cristina.

— Vou ver meu médico! — grita Bernardo.

Olhamos para ele, em silêncio. Raí para de pular.

— Ué, gente. — Ele arregala os olhos. — Meu anticonvulsivo acabou há uma semana.

Respiro fundo e levanto os braços para fechar o círculo.

— Brasil, e-ô! Brasil, e-ô! — cantamos juntos.

Abraço

No saguão de embarque do aeroporto, termino de tomar o café e vejo Raí com as mãos estiradas sobre o vidro, observando os aviões parados lá embaixo. Nas cadeiras enfileiradas em frente ao portão, muitas pessoas com adornos verde-amarelos aguardam sorridentes. O piso escuro e lustroso reflete cada passo meu.

— No que você está pensando? — Estiro minhas mãos no vidro ao lado de Raí.

— No Max. — Ele sorri. — Em como ele deve estar diferente depois de... depois de tudo.

Seu sorriso se desfaz e ele respira fundo.

— Quando você disse pela primeira vez que a gente ia voltar pra casa, eu pensei na minha mãe — ele continua. — Como ela ia me receber no aeroporto só pra dizer que eu estou horrível, parecendo malnutrido.

Dou risada pela memória.

— Mas depois... — A voz dele falha. — Depois, ela ia me abraçar bem forte, de um jeito que não precisa de palavras.

Raí se vira para mim e eu o abraço o mais apertado que posso, tentando conter as lágrimas, mas deixando escapar um pequeno soluço. Ele suspira.

— É por isso que eu tenho que pensar no Max — ele diz com a voz firme, então se afasta. — Ele vai precisar de muito mais apoio do que eu.

Uma voz feminina, muito abafada pela acústica, atravessa o saguão pelos altofalantes.

— Não entendi o que ela disse, mas deve ser o nosso voo. — Encaro o vidro para enxugar as lágrimas assim que vejo Cristina e Bernardo se levantarem.

Cheiro

Ocupamos os quatro assentos da coluna central, na décima fileira. Não queríamos nos separar agora.

Eu e Cristina revezamos nossos ombros, até que desistimos de dormir, com as bocas secas e os rostos oleosos. Seguimos o exemplo dos meninos, procurando um filme para assistirmos juntas com os fones de ouvido. Não concordamos com nenhum.

— Par ou ímpar? — Ela sorri.

Seus dedos são tão lindos que fico bem perto do ouvido dela para dizer:

— Vamos ao banheiro?

— Mas eu não... ah — ela responde, me abraça e ri. — Vamos ter todo o tempo do mundo quando a gente estiver em casa. Eu ganhei. Vamos ver o documentário sobre os insetos do deserto. Vamos. Vai ser legal.

Encho o pulmão com seu cheiro antes de me afastar. Mesmo com pressurização, ar-condicionado, lenço umedecido de avião, lanche de micro-ondas, ainda é o cheiro de Cristina.

Janelinhas

Sinto o olhar de Cristina sobre mim. Guardo a revista que estava folheando e encosto a cabeça no banco, nossos assentos inclinados ao máximo. Ela se aconchega para perto de mim.

— Estamos há tanto tempo longe, que eu ainda estou esperando uma pegadinha — sussurro.

— Como assim?

— Como se a gente nunca pudesse voltar de verdade, e este voo fosse só um teatro.

— Por que a gente não se levanta e olha por uma daquelas janelinhas? — Ela sorri.

Ficamos de pé no corredor em silêncio e de mãos dadas, olhando para fora. As nuvens tampam quase toda a visão, mas podemos ver um pedacinho de mar.

Andar de bicicleta

Entramos na fila da imigração, seguindo a plaquinha que diz "Brasileiros". É a fila mais comprida, mas também a mais rápida.

Entrego meu passaporte pelo vão na cabine de vidro.

Meus pés começam a sapatear de ansiedade. A mulher por trás do vidro não faz perguntas, mas olha para mim de tempos em tempos.

— Aqui está. — Ela sorri, entregando o passaporte de volta.

Na esteira de bagagens, nos enfiamos no meio de toda aquela gente, mas já começo a sentir o cheiro da minha cidade, entre o vaivém da porta automática que nos espera alguns metros adiante.

Ouço também os barulhos. Um baque surdo. Vejo minha bagagem lá na ponta. Outro baque surdo. Olho em direção à saída e vejo, por trás do vidro, o homem gigante e de terno bater seus braços com violência.

Matias.

Saliva e muco respingam sobre o vidro onde ele grita algo que o vidro não deixa passar. Sua expressão contorcida olhando em minha direção.

Ouço gritos e resmungos, mas surgem atrás de mim. Viro a cabeça para ver Raí correndo por cima da esteira, saltando entre as malas.

— Vocês vão ter que me pegar! — ele grita.

Bernardo está imóvel, os olhos redondos esbugalhados observando a cena. Sua mochila escorrega pelo ombro e cai. Em seguida, é como se uma força invisível atingisse Bernardo, derrubando seu corpo para trás, e ele começa a se contorcer.

Sinto uma mão firme agarrar meu pulso esquerdo.

"É como andar de bicicleta, meu amor."

"Obrigada, pai."

Uso o impulso do braço do policial contra ele mesmo, metendo meu cotovelo direito no seu nariz. O próximo avança de frente e preciso me esforçar um pouco mais, girando seu braço e o prendendo nas costas.

Sinto pancadas nas minhas costas e penso em gritar, mas quando caio ao chão e me põem ajoelhada para apertar as algemas, vejo que Cristina grita por mim. Ela se ajoelha também e chora um choro que é a única coisa que consigo ouvir.

— Shh. Shh. — Sorrio, rangendo os dentes. — Não precisa chorar.

Não precisa, não.

Não precisa.

Não.

PARTE 4
Bernardo

Familiar

Sinto uma pressão sobre minha cabeça. São dedos que se mexem devagar.

— Meu filho, é a mamãe. — Ouço seu sussurro. — Eu estou aqui.

O cheiro de desinfetante invade minhas narinas e meus olhos começam a focar o ambiente branco, o homem de jaleco na ponta da cama.

Eu não dormi aqui.

— O que aconteceu? — pergunto.

— Sua mãe disse que você foi viajar há mais de seis meses sem levar seus remédios — diz o homem, sem tirar seus olhos da prancheta em seu colo. Em seguida, ele ajeita os óculos no nariz com o dedo indicador. — Foi isso que aconteceu.

— Ele vai ficar bem, doutor? — minha mãe pergunta, se afastando.

— Mesmo voltando com a medicação, ele vai precisar ficar sob observação por algum tempo. Principalmente, nada de dirigir, porque ele pode convulsionar a qualquer momento.

— A gente vai observar muito bem. — Ouço.

Sinto meu coração se espremer como um pano de chão retorcido e desconfio que há algo errado comigo além da epilepsia.

Tento me ajeitar na cama e sinto uma dor excruciante na perna direita.

— Ai — grito e estico meu braço até a panturrilha.

— Já verificamos essa perna — diz o doutor. — O relatório do paramédico diz que Bernardo caiu de mau jeito.

— Já estamos acostumados. — Ouço, e de novo meu coração insiste em se fingir de morto. Me falta o ar e minha visão fica turva.

Deito a cabeça no travesseiro e viro a cabeça para minha mãe.

Dou de cara com a careta do meu pai. As extremidades de seus lábios estão mais curvadas para baixo do que nunca.

O aperto no coração dá lugar a uma tremedeira em crescendo. Sinto suor empapando minhas axilas e escorrendo pelo meu pescoço.

— Eu não vou voltar pra casa. — Minha cabeça balança de um lado para o outro.

— Claro que vai. — Minha mãe franze o cenho. — Que besteira. Aquele seu amigo foi preso.

Ela se aproxima e fala mais baixo:

— Ele é um traficante, filho. Um traficante.

— Um traficante que nunca levantou a mão pra mim — respondo com a voz firme.

O médico se levanta ruidosamente, arrastando a cadeira.

— Eu preciso ver alguns pacientes e volto em alguns minutos para dar alta.

Ele fecha a porta atrás de si.

— Já chega — meu pai diz subindo o tom da voz. — Se quer agir como criança, vai ser tratado como uma.

Ele me vira e levanta pelo cós da calça hospitalar com tanta força que ouço o som de tecido se rasgando. Em seguida, me deita de bruços sobre seu colo e termina de arriar calça e cueca de uma vez.

Os tapas começam e vão me acertando cada vez mais doloridos. Sinto um calor subir até as minhas orelhas, e lágrimas escorrem dos meus olhos pelo meu esforço de reagir em vão. Eu não sou forte o suficiente.

— Você precisa aceitar a consequência dos seus atos — ele diz, com a voz grave e pausada, o que faz minhas orelhas entrarem em ebulição.

Mas a cada tapa, a situação se torna mais familiar. Os últimos meses da minha vida vão ficando cada vez mais distantes, e a humilhação começa a dar espaço para a contrição e obediência em que fui criado.

Levanto, tomando cuidado para não firmar o pé direito no chão, e subo a calça. Fico parado olhando para baixo. Minha mãe pega na minha mão.

— Seu pai tem razão. — Sua voz é aguda. — Seu pai tem razão.

— Olha pra mim — diz meu pai.

Ele me encara com seus olhos semicerrados.

— Você saiu dos trilhos, mas eu assumo a responsabilidade. Eu devia ter percebido suas tendências mais cedo. — Ele respira fundo pelo nariz. — Agora, a gente vai dar um jeito nisso.

Um minuto para a meia-noite

Espero no sofá da sala enquanto meu pai está ocupado no meu quarto, jogando coisas no corredor. Minha mãe me encara de sua cadeira uns dois metros à minha frente.

Seu rosto nunca me pareceu tão enrugado.

— Pode subir — meu pai grita.

Uma pilha de objetos descansa no chão do corredor. Meu velho notebook, meu aparelho de som, meus discos, muitos álbuns de histórias em quadrinhos.

Meu quarto é uma versão imaculada dele mesmo, muito limpo e organizado, mas ainda é meu quarto. Ainda tem meus livros, minha cama de madeira com a inscrição "Raí esteve aqui" feita com canivete, meu armário com adesivos de super-heróis, minha mesa sob a janela.

A janela tem grades, e minha memória me trai. Não consigo decidir se elas já estavam aí ou se meu pai decidiu instalar depois que fui embora. Toco as extremidades e fecho meus dedos em volta de uma barra. Puxo. Parece bem firme.

— Você não vai sair por aí, isso eu garanto — diz meu pai. — Agora, preste atenção.

Ele puxa a cadeira, me deixando a cama para sentar. Seus olhos vidrados fazem eu me sentir pequeno e errado. Os meus queimam de desejo para desviar o foco, mas fico imóvel.

— Eu quero que você reflita sobre o que quer para a sua vida.

Minha mente corre para Raí e suas mãos abrindo minha porta. Volto ao meu pai, que está dizendo:

— Não bastava se meter com bicha, aquele seu amigo era bicha e maconheiro.

— Ele é meu amor — sussurro.

Meu rosto gira para a esquerda sob o peso de sua mão, antes que eu possa ouvir o som. Ele se inclina sobre mim e segura minha cabeça agora, para que eu o encare.

— Não me faça desistir de você, meu filho. — Seus olhos esbugalhados miram em mim, mas parecem acertar outro filho. Não me reconheço em seu reflexo.

Ele volta a se sentar.

— Você não sabe o que é amor, porque se soubesse ia reconhecer tudo que a gente faz por você. — Ele aumenta o tom da voz. — Entende isso, moleque?

— Sim, senhor. — Minha voz sai monotônica.

— A partir de hoje, você acorda na hora em que eu mandar, dorme na hora em que eu mandar, come na hora em que eu mandar. — Ele se levanta.

— Eu preciso ver o Raí. — Estou olhando para a grade agora.

Sua respiração é profunda e barulhenta, roubando o ar ao meu redor. Ele apressa os passos em direção à porta e para a um passo do corredor.

— Seu ponteiro para o fim do mundo chegou em um minuto para a meia-noite — ele diz com a voz baixa.

Ele joga um balde grande e vazio para dentro do quarto, que gira até bater nos meus pés. A porta bate e ouço o girar da chave.

Olho para o alto, na minha estante, e vejo o rosto feliz do Senhor Jujuba, meu leão de pelúcia, como se dissesse: "Calma, vai ficar tudo bem". Minha mão o alcança e eu deito na cama com os joelhos encolhidos, abraçado a ele.

— Calma, vai ficar tudo bem — sussurro. — Calma, vai ficar tudo bem.

Invisível

Eu me sento em cima da mesa de frente para a janela para tomar sol. Olho para os livros, mas não os abro. Observo o movimento na rua, mas não recebemos visitas. Quando meu pai sai com o carro, minha mãe se recusa a abrir a porta, mesmo que eu esteja com fome e já esteja tarde.

Passo a maior parte do tempo com a cabeça afundada no travesseiro, o Senhor Jujuba em meus braços, visualizando como vai ser quando o meu amor vier me buscar.

Por muito tempo, me imaginei voltando para o Brasil e indo morar com o Raí. Ele tem um dinheiro guardado e podia vender a casa antiga para comprar uma nova. Ela ia ter muita luz natural e um quarto para o Max também. Do lado de fora, uma piscina e uma pista de skate.

A pior parte do dia é quando meu pai abre a porta, acende a luz e bate duas panelas juntas, me sequestrando de qualquer sonho em que eu esteja.

Duas vezes por dia, eles trocam meu balde e a bandeja de comida. Meu remédio vem junto com a janta. Ele me deixa lento e com sono. Não me lembrava mais disso. Outra traição da minha memória.

Sonho que estou de volta às aulas na faculdade, mas Raí está sentado em uma cadeira do outro lado da sala e, quanto mais tento me aproximar, mais distante ele fica. Todos começam a dar risada e apontar para mim. Acordo com o coração acelerado antes de meu pai entrar no quarto.

Desisto de voltar a dormir e fico sentado sobre a cama. Fixo o olhar em um antigo caderno do ensino médio no meio dos livros empilhados em cima da mesa e tiro ele de lá. Encontro a primeira página em branco e anoto meu sonho. Devolvo o caderno onde estava antes, mas durante o dia me vejo voltando a ele para escrever pensamentos soltos que tenho medo de dizer em voz alta, por mais banais que pareçam ser.

Eu amo o Raí.

O Raí vem me buscar a qualquer momento.

Bernardo: bicha e maconheiro.

Depois do almoço, escrevo um pedido de socorro em uma folha à parte:

Se você estiver lendo isto, saiba que estou sendo mantido preso contra a minha vontade pelos meus pais. Meu namorado está na cadeia e não pode me ajudar agora, mas talvez você possa.

Penso em colocar meu endereço, assinar e fazer um aviãozinho, mas sinto a brisa no meu rosto através da janela e decido que existe um risco muito maior de o papel parar na nossa garagem e o meu ponteiro do fim do mundo finalmente chegar à meia-noite.

Uma sirene.

Olho pela janela e vejo um carro da polícia cruzando a esquina com um policial no banco do passageiro distraído, com o braço para fora. Lembro de uma discussão em sala de aula, sobre livre-arbítrio.

Eu poderia colocar a cabeça para fora da janela e gritar até que os policiais me notassem, mas não faço isso. Não faço porque sou livre para não fazer.

Mas que tipo de liberdade é essa, em que meu pai sempre sabe o que eu vou fazer? Por isso ele não se incomodou em lacrar minha janela. Ele nem deve ter parado para pensar que a janela aberta poderia representar uma ameaça.

Sem o Raí por perto, não representa mesmo. E ele sabe disso.

Ouço a sirene do carro mais uma vez, agora fora do meu campo de visão.

Fazenda Margarida

A luz se acende e as panelas batem todos os meus sonhos para longe. Eu me levanto, me coloco de pé, e estendo o lençol sobre a cama.

— Coloque uma roupa. Nós vamos sair. — Meu pai me encara. — Escolha também um objeto ou dois para levar junto, porque você não vai voltar por um tempo.

Minha mãe me abraça na porta de casa, dá um beijo na minha testa e sorri para mim.

— É para o seu bem, filho. Faça tudo o que mandarem.

Os prédios vão ficando para trás e a paisagem é tomada por árvores e algumas indústrias ocasionais.

Enfio a mão dentro da sacola sobre meu colo. O toque do Senhor Jujuba e o meu caderno secreto me dão força e consigo respirar sob o clima tenso que se instala pelo silêncio do meu pai.

Paramos o carro em frente a um portão de madeira sob uma placa que diz "Fazenda Margarida" ao lado do desenho de um sol com um rosto feliz dentro. Há arame farpado no topo e também sobre toda a extensão do muro que minha visão pode alcançar.

O portão é aberto por dentro e avançamos por uma trilha cercada de vegetação densa e escura, até chegar a uma guarita, onde meu pai mostra seu documento.

A porta do meu lado do carro é aberta e um homem vestido com um uniforme cinza pressiona o botão do meu cinto de segurança.

— Pai? — Minha voz sai aguda.

— Vai encontrar sua correção, meu filho — diz meu pai enquanto sou puxado para fora do carro. Minha mão segura firme a sacola, que arranha meus joelhos.

A caminhada faz eu perceber que minha perna direita está completamente curada. Vejo grupos de adolescentes marchando sob o comando de homens mais velhos, também trajando cinza. Todos os homens de cinza portam crachás; o do que me acompanha diz "José". Apesar de não ver sinais de que seja uma instituição militar, percebo que existe também um padrão de corte de cabelo e tipo físico entre eles. Altos, fortes, cabelo curto.

O uniforme dos garotos é branco e azul-marinho. Eu também recebo um, dentro de um saco plástico, depois de entrarmos por uma porta que diz "*Recepção*". Outro homem de cinza e um par de tênis brancos sobre o balcão joga o saco e digita algo no computador, sem olhar para mim. José pega os itens e me leva para uma sala onde há um pequeno banco de madeira e um armário de metal na parede, ao lado de uma mangueira.

— Tire a roupa — ele grita.

Eu o encaro, esperando uma explicação mais detalhada. Seu punho fechado acerta a minha boca e eu sinto um gosto metálico cobrir a minha língua.

— Tire agora — ele grita.

Recupero meu equilíbrio no chão, então tiro meus tênis, a calça e a camiseta.

— Tire tudo — ele grita. — Agora!

"Faça tudo o que mandarem", minha mãe diz na minha cabeça, e eu obedeço sem pensar.

— Sente-se aí. — Ele aponta o banco, então abre o armário, de onde ele tira uma máquina de cortar cabelo.

Meus cachos começam caindo aos poucos e terminam em profusão. Olho para o chão e fico surpreso com a quantidade de cabelo.

— Levante-se — ele diz. — Fique sobre o ralo.

E é a vez da mangueira, que me atinge gelada e com força. Ele me joga um sabonete, que esfrego sobre o corpo até ele ligar a mangueira novamente.

José abre o saco e tira uma pequena toalha branca e azul que joga para mim. O homem da recepção entra na sala, recolhendo minhas roupas do chão para dentro de um saco preto, mas deixa a sacola intacta.

— Pegue suas coisas e venha. — Ele aponta para a próxima sala.

A sala tem um banco de madeira comprido e apenas uma lareira na parede.

— Vista-se — ele diz, colocando o saco sobre o banco.

O uniforme é composto por cueca, meias, bermuda e uma camisa polo com um pequeno número quarenta e quatro impresso na frente e maior atrás. A roupa pinica, mas me sinto bem por estar vestido novamente. Amarro meus tênis novos e me levanto.

— Esvazie sua sacola — ele grita.

Eu pego minha sacola e retiro meu caderno e o Senhor Jujuba de dentro.

— Coloque na lareira.

Olho para a lareira e paro. José dá um passo na minha direção. "Faça tudo o que mandarem."

A expressão feliz do Senhor Jujuba, sobre os tocos de madeira, agora parece dizer: "Eu confio em você, Bernardo. Sei que você jamais me machucaria".

José embebe tudo com o líquido de uma garrafa e risca o fósforo. O fogo cobre tudo de uma vez, e a boquinha feliz parece dizer: "Sei que você vai me salvar a qualquer momento".

Não consigo conter um soluço quando o Senhor Jujuba e meu caderno se tornam uma única massa disforme, irreconhecível.

Indicador

O refeitório parece um grande galpão, com mesas compridas e talvez uma centena de garotos comendo ao mesmo tempo. Cada um com um número diferente em sua camisa. Nenhuma garota à vista.

O almoço depositado na minha bandeja consiste em arroz, feijão, uns pedaços de carne com molho, alface murcha e duas fatias de tomate.

Ao me virar, vejo alguns olhares dirigidos a mim. O silêncio é preenchido pelo barulho de talheres raspando. Antes que eu pense demais, começo a caminhar em direção ao primeiro lugar vago que encontro.

Termino de comer e percebo que o garoto ao meu lado esquerdo, número cento e vinte e dois, me observa pelo canto dos olhos. Ele é alto, ruivo, e tem um rosto redondo mais acolhedor do que a maioria dos outros por aqui.

— Todo mundo aqui é gay? — sussurro para ele.

Vejo seu maxilar se apertar antes de sua mão fechada acertar meu nariz. Eu caio no chão, derrubando também minha bandeja, e sinto um líquido quente escorrer pelas minhas narinas. Coloco a mão e vejo sangue.

— Número quarenta e quatro, limpe esta bagunça — grita um homem de cinza à direita.

Eu me levanto, recuperando o fôlego para argumentar, quando vejo o garoto do outro lado da mesa, número cinquenta e dois, colocar o indicador na frente da boca.

— Algum problema, número quarenta e quatro? — pergunta o mesmo homem de cinza.

— Não...

— O que o senhor disse, número quarenta e quatro? — Ele aumenta o tom da voz.

— Não, senhor.

Contato casual

Uso um tanque de lavar roupa ao ar livre para esfregar as gotas de sangue da minha camisa e a visto novamente. O sol da tarde esquenta o ar ao redor, mas sinto o couro cabeludo fresco como em um dia nublado.

O garoto do número cinquenta e dois faz um sinal com a mão de longe, para que eu me aproxime. Reparo que um homem de cinza nos observa de uma guarita no alto do muro; existem outras por toda a extensão da propriedade. É um garoto magro, de olhos rápidos e nariz adunco. Caminhamos em silêncio em direção a um conjunto de edifícios térreos.

— Eu sou o seu guia. — Ele finalmente me encara.

— Prazer — eu digo, estendendo a mão.

Seu olhar volta para o alto.

— Abaixa isso — ele diz. — Não podemos nos tocar.

— Não podemos...

— Se você bater em alguém, pode ganhar uma medalha, mas qualquer contato casual tem consequências.

Paramos em frente a uma placa com setas e números.

— Que tipo de consequências? — eu sussurro.

— Ouvi falar que, antes de eu chegar aqui, um garoto chupou o outro no quarto — ele sussurra de volta. Seus olhos arregalados. — Os dois foram mandados pra tratamento de choque.

— Choque? — Sinto minha garganta apertar.

— É, choque. — Ele gesticula com a mão. — Tipo choque na cabeça. Forte pra caramba. Sem anestesia.

— Porra. — Minha voz falha e minha visão sai de foco.

— Essa placa diz pra onde você vai — ele continua com a voz firme. — Cada quarto tem vinte camas. Você fica no meu dormitório, quarenta e um a sessenta. Veja a seta.

Meu lugar é na parte de cima do segundo beliche. Encontro colchão, travesseiro, um conjunto de roupa de cama, uma pequena bolsa com itens de higiene e uma troca de roupa exatamente igual à que estou usando. Não há homens de cinza aqui, mas o número cinquenta e dois faz um sinal com a cabeça para que eu veja a câmera posicionada no canto do quarto.

— Agora, eu tenho que te levar pro diretor. — Ele estala os dedos.

Voltamos a caminhar do lado de fora, em direção a um conjunto de três edifícios bem menores que os dormitórios.

— Só mais uma coisa — ele diz, me encarando. — Toma cuidado com o que você fala. Tipo aquilo no refeitório. Pode te causar um castigo bem maior do que um soco no nariz.

Seus olhos varrem os arredores e ele suspira.

— Mas respondendo à sua pergunta, nem todos que vêm aqui são gays — ele diz, e passa a me encarar. — Eu já usava um nome social feminino antes de chegar aqui. Mas isso foi em outra vida. Aqui dentro, nosso corpo não nos pertence. Se eles dizem que você é um homem e que seu nome é cinquenta e dois, resta aceitar.

A placa sobre a porta à nossa frente diz "Diretor".

Gerreiros samurais

O diretor levanta os olhos para mim assim que passo pela porta. É um homem forte, grisalho e de bigode espesso. Usa o mesmo uniforme cinza dos outros funcionários. Quando me aproximo, sua mão aponta para a cadeira à sua frente, do outro lado da mesa.

— Então você é o novo quarenta e quatro. — Ele parece sorrir por trás do bigode. — Pode me chamar de senhor Diretor. Agora, vamos conversar sobre suas atividades.

— Sim, senhor — respondo.

— Seu histórico diz que você já namorou garotas — Ele passa os olhos por uma folha impressa —, mas seu último relacionamento se deu com outro homem, um presidiário. Isso está correto?

— Ele não era presidiário, senhor — falo bem baixo. — Antes.

— O quê? Ah, bem, isso não faz diferença. — Ele vira a folha. — Tem um medicamento que nós receitamos para aqueles que nunca se interessaram por mulheres. Serve para cortar a libido durante o tratamento.

Fico em silêncio.

— Você sabe o que é libido, número quarenta e quatro? — Ele levanta os olhos para mim.

— Tesão, senhor.

Ele ri.

— Correto. Agora, me diga, gostaria de tomar esse remédio?

— Não, senhor. — Começo a sentir um enjoo no estômago seguido de falta de ar.

— Você acha que o que fazemos aqui é errado? — Ele ri.

Ficamos em silêncio. Encho meu pulmão de ar algumas vezes, mas não parece ser suficiente.

— Veja. — Ele olha por cima do ombro e reparo que há um quadro com uma pintura de guerreiros samurais atrás do diretor. — Os guerreiros samurais entendiam que a comunidade era mais importante que o indivíduo. Estavam dispostos a sacrificar sua vida em batalha pelo bem geral.

Sinto uma golfada subir pela minha garganta. Engulo seco e vejo que há uma jarra de água no canto da mesa.

— Nosso objetivo é que você saia daqui pronto para conhecer uma bela mulher, recatada, do lar, que encha seus pais de orgulho. — Ele bate a mão de leve sobre a mesa. — Não só isso, como também seja capaz de seguir todas as suas tradições familiares. Nós somos a última resistência ao individualismo.

— Sim, senhor. — Minha visão fica turva.

O diretor pega um copo descartável, enche de água da jarra e o coloca na minha frente. Eu tomo de uma vez só.

— Mas nós sabemos que pode ser mais difícil para uns do que para outros — ele diz, pausadamente. — Vinte garotos dormindo sob o mesmo teto, dividindo chuveiros coletivos, isso é tentador, mas nos ajuda a separar o joio do trigo. Aqueles que têm talento para resistir e aqueles que não têm.

Ele segura a caneta sobre a última folha do calhamaço.

— Você vai começar a manhã na orientação, depois do almoço, um pouco de marcha e, à noite, futebol — ele fala enquanto escreve.

— Sim, senhor — digo, olhando em direção à porta.

— Você começa amanhã. Leve este cronograma. — Ele empurra uma folha solta para mim. — E pronto. Está dispensado.

Eu me levanto segurando a folha com as duas mãos. Meus pés caminham depressa para a saída.

— Número quarenta e quatro — ele chama.

Eu paro a um passo da porta e viro a cabeça.

— Quero que você se dê bem por aqui, então, caso eu não tenha me feito entender, vou deixar algo bem claro. — Seu sorriso é mais aberto agora. — Os monitores estão em toda parte. Cuidado para não sentir tesão no chuveiro. Fica muito à mostra.

Ele volta o olhar para suas folhas.

Do que sinto saudade

Recebo meu comprimido e a comida, durante a janta. Não querem que eu tente me matar engolindo todos de uma vez. Depois, acompanho o número cinquenta e dois até o dormitório. Os garotos presentes estão todos de cueca, sentados ou deitados em suas camas, voltados para o centro.

— Estamos jogando "Do que sinto saudade" — diz o garoto do número quarenta e dois, debruçado sobre a parte de cima da bicama mais perto da porta.

Tento me concentrar apenas nos meus movimentos mecânicos enquanto faço como os outros e penduro minha roupa em um cabide com meu número na parede. Não quero correr o risco de uma ereção involuntária — ou não tão involuntária assim — logo na minha primeira noite.

— Hambúrguer do McDonald's — diz um garoto na outra ponta.

— Jogar videogame — diz outro, mais perto.

— Jogar xadrez — diz o número cinquenta e dois.

— Cala a boca! Tem tabuleiro de xadrez aqui — outro garoto grita.

— Mas ninguém quer jogar comigo — o número cinquenta e dois responde e todos riem, inclusive ele.

— Sinto falta de chupar picolé — diz um garoto cabisbaixo, próximo de mim.

Sinto se formar um fio de tensão, que atravessa a minha nuca e me deixa imóvel. O dormitório fica em silêncio, quebrado apenas por um garoto que, pego no meio de um movimento sobre o colchão, causa um pequeno estalo na estrutura de metal.

— É verdade — diz o número cinquenta e dois. — A gente nunca tem picolé por aqui. Sempre gostei do de limão.

Vejo uma coreografia de ombros relaxando e cabeças virando para soltar murmúrios de concordância. O dormitório volta a respirar.

O erro de Bob

É de dia e estou sentado à mesa do diretor.

— O presidiário foi até a sua casa, mas você não estava lá — ele diz.

Sinto como se uma espada daqueles samurais da pintura tivesse atravessado o meu peito.

— Ele não sabe que eu estou aqui — sussurro.

Ouço o barulho agudo do alarme, abro os olhos e estou de volta ao dormitório. Imito os garotos que descem das camas, esticam os lençóis e começam a se vestir.

O número cinquenta e dois não vai até a sala de orientação, mas aponta outro garoto e me pede que eu o siga até lá. O lugar parece uma sala de aula comum, com fileiras de pequenas carteiras voltadas para uma única mesa maior e um quadro-negro atrás.

Um homem de cinza que nunca vi antes entra na sala empurrando um pequeno rack com rodinhas e uma TV de tubo em cima. Uma fita VHS é enfiada em um buraco embutido no próprio aparelho e começamos a assistir a um filme chamado *O erro de Bob*, no qual Bob é representado por um ator velho demais para estar no ensino médio, que falta à aula para se encontrar com uma gangue de motoqueiros que bebem e fumam. Esse mesmo cara se aproxima de uma mulher que faz parte do grupo, mas o líder da gangue coloca uma mão em seu peito e diz: "Mulheres estão fora de moda", então seus rostos se aproximam e a câmera vira para o outro lado.

A fala é tão ruim, dita pelo homem como quem está lendo um texto, que não consigo conter um pequeno riso que me escapa pelo nariz.

O homem de cinza se levanta e aponta uma frase escrita com giz sobre o quadro-negro que diz "Silêncio durante o filme" e eu me esforço para não chamar mais a atenção.

O filme acaba quando Bob está caído na sarjeta, aparentemente morrendo de overdose ou algo assim, e o líder dos motoqueiros se levanta, rindo, e diz: "Se você acreditou que eu te amava, é porque você é muito burro mesmo".

Os créditos surgem na parte debaixo da tela, mas o homem de cinza para o filme e afasta o rack antes que eu possa ler.

— E então — ele diz. — Quais as lições que podemos tirar do filme?

Declaração de amor

No almoço, é servida carne moída com purê, feijão e a mesma salada murcha de ontem. Observo as mesas e vejo um lugar vago à direita do número cinquenta e dois.

— Hoje foi o filme do Bob? — ele pergunta de boca cheia.

— Sim.

— "Um homem jamais amará outro homem da mesma forma que ama uma mulher." — ele imita a voz aguda da mãe de Bob no meio do filme.

Rimos.

Todos os rostos à nossa frente se viram para a nossa direita com o barulho de bandejas caindo ao chão. Consigo me virar a tempo de ver um garoto gordo se jogar em cima de um baixinho e distribuir um soco atrás do outro.

Dois homens de cinza puxam o garoto gordo pelos braços e ajudam o menor a se levantar. Dá para ver que o rosto do rapaz agredido está todo inchado quando ele passa perto de nós a caminho da saída e é entregue a outro homem de cinza. O agressor recolhe as bandejas e volta a se sentar, retornando o refeitório ao estado anterior.

Deixamos as bandejas sujas e caminhamos para fora. Continuo seguindo o número cinquenta e dois, porque não tenho para onde ir agora. A marcha só começa daqui uma hora.

— Você sabe jogar xadrez? — ele me pergunta.

— Um pouco.

— É o suficiente — ele diz e aperta o passo.

Chegamos a um lugar novo, e a placa que se lê no edifício em que entramos diz "Biblioteca". Apesar disso, existe apenas uma pequena seleção de livros ali dentro. Poucas fileiras de estantes e cheias de espaços entre os livros.

— Quero o tabuleiro de xadrez — o número cinquenta e dois pede no balcão.

O homem de cinza digita algo no computador e entrega uma caixa para ele.

Do lado de fora, existem algumas poucas mesas de concreto com um banco fixo de cada lado, onde nos sentamos.

— Acontecem muitas brigas por aqui? — pergunto, assim que ele move sua rainha.

— Todo dia — ele responde sem tirar os olhos do jogo. — É a única maneira de tocar em alguém sem... você sabe, levar um choque na cabeça. Bem, é isso e o futebol.

— As pessoas arranjam brigas só pra poder se tocar? — Dou uma risada breve, depois movo um peão qualquer.

— Qual é, quarenta e quatro? Um bom espancamento neste lugar é praticamente uma declaração de amor. — Ele move a rainha de novo e sorri. — Xeque-mate.

A marcha

Ao chegar no campo de marcha, tento repetir o que os outros garotos fazem. Confundo esquerda e direita algumas vezes, mas logo me sinto sincronizado.

A marcha se alonga e começo a questionar seu sentido dentro do programa, até que consigo entender os versos por trás dos gritos em coro que repetimos sem parar:

Eu gosto de mulher
Sexo na vagina é bom pra mim
Assim eu posso fazer filho
E deixar minha mãe feliz

Falta

Encontro o número cinquenta e dois perto da entrada da quadra de esportes. Ninguém me informa, mas vejo que cada time é composto apenas por membros do mesmo dormitório. Todos os garotos presentes jogam ao mesmo tempo, sem exceção.

Conto treze jogadores no nosso time e quinze do outro, porque imagino que nenhum dormitório deve estar em sua capacidade máxima. Uma disputa de par ou ímpar no meio da quadra indica que vamos jogar sem camisa; em compensação, começaremos com a bola.

— Ei, quarenta e quatro — diz o número cinquenta e dois. — Fica ali atrás. Vai ser mais seguro.

Um homem de cinza assopra um apito em sua boca e o jogo começa. Jogam a bola para um lado e para o outro. Eu tento apenas ficar longe da ação. Nosso time faz um gol e comemoramos individualmente, com as mãos levantadas.

Pouco depois, a bola rola para o nosso lado do campo e passa perto de mim. Um corpo se choca contra o meu e explode o ar para fora do meu peito em um bloqueio desnecessário, porque eu sequer tinha intenção de tocar a bola. Reconheço o garoto e confirmo o número em sua camisa, cento e vinte e dois.

"Um bom espancamento nesse lugar é praticamente uma declaração de amor", diz o número cinquenta e dois em minha cabeça, e minha nova missão nesse jogo passa a ser ficar longe do menino alto, ruivo e cheio de intenções românticas. Sempre que a bola chega minimamente perto de mim, ele tenta repetir o bloqueio violento ou me passar uma rasteira, mas consigo evitar todos os movimentos até os minutos finais. Ele me encara, se aproxima e me dá um soco no estômago.

Eu me ajoelho tentando respirar e o juiz apita a falta.

Broxante

Todos pegam suas bolsas com itens de higiene e a troca de roupa nos dormitórios, antes de andarmos em direção aos chuveiros.

Há um vestiário com bancos compridos e muitos armários de metal sem numeração, onde devemos guardar a bolsa e a troca de roupa. Dentro de cada um, uma toalha branca e azul. As roupas usadas são jogadas em um único cesto no centro.

Essa quantidade de bundas e pintos passando por mim me lembra de quando eu e o Raí tínhamos acabado de entrar para o ensino médio. Ele me chamou para tomar banho junto e me perguntou se eu queria saber como era beijar alguém.

Não posso pensar nisso. Respiro fundo.

— Ei, quarenta e quatro — diz o número cinquenta e dois, com os olhos arregalados. — Pensa em algo broxante, e pensa agora.

Primeiro, minha mente entra em pânico e se esvazia. Só consigo pensar no oposto. O sorriso de Raí, o maxilar de Raí, o peito de Raí, o umbigo de Raí. Só tem uma coisa capaz de bloquear minha imaginação agora, e é a careta do meu pai. Seus olhos de peixe morto e os lábios sempre voltados para baixo estragam qualquer ereção.

A sensação da água fria caindo direto na minha cabeça é bem diferente com o cabelo raspado. É quase como se a água estivesse passeando pelo meu crânio enquanto passo o sabonete nas axilas.

Termino de me lavar e me viro em direção ao vestiário. O homem de cinza que serviu de juiz nos observa imóvel, olhando de um lado para o outro. Ao mudar o sentido de sua visão, vejo sua expressão se transformar e ele dá um passo para a frente, levantando um braço para o alto.

Procuro o alvo do homem de cinza e o reconheço. O número cento e vinte e dois olha direto para mim, seus olhos desfocados, sua boca semiaberta, e seu braço direito se movimentando em frenesi.

Aquele movimento de braço faz eu me sentir esquisito. Começo a contar o número de vezes que ele vai e vem em grupos de quatro.

1, 2, 3, 4.

1, 2, 3, 4.

1, 2, 3, 4.

Apagão.

Enfermaria

— Não tente se levantar ainda. — Uma mão me segura pelo braço.

Uma dor aguda me faz afastar para o outro lado.

— Desculpa — diz a mesma voz. — Seu braço deve estar dolorido da queda.

Abro os olhos e penso estar de volta ao hospital, mas é um lugar diferente, menor. Uma pia na parede oposta, prateleiras de metal cheias de gavetas e objetos.

— O que aconteceu? — Minha voz sai arrastada.

— Você está na enfermaria.

Ele parece um pouco mais simpático do que os outros homens de cinza que conheci até agora, apesar do mesmo porte físico alto e forte, com corte de cabelo militar. Ao se virar, posso ver uma pequena mancha escura sobre sua bochecha.

— Sua ficha diz que você passou uma semana sem anticonvulsivo antes de vir para cá. — Ele folheia o que deve ser minha ficha. — É um efeito esperado. Se você continuar tomando os comprimidos toda noite, provavelmente não vai mais ter problemas.

Coloco a perna para fora do lençol e só então reparo que ainda estou nu. O homem de cinza aponta para a pequena estrutura metálica ao lado da maca, onde está um saco plástico com minha troca de roupas.

Na saída da enfermaria, o número cinquenta e dois me recebe, sentado sobre um banco de espera no corredor.

— Quem estava na enfermaria? — ele me pergunta, assim que chegamos ao gramado.

— Não sei. Um cara simpático.

Ele respira fundo, mas não altera o passo.

— Lembra se o nome dele era Jacques?

— Não. — Tento buscar a imagem do crachá, mas não vem.

— Do que você lembra? — Ele aumenta o tom da voz.

— Cara, era só um homem de cinza. Qual o seu problema? — Aperto o passo, para deixar ele para trás.

— Você lembra de alguma coisa? Qualquer coisa? — A voz parece mais calma.

— Sei lá. — Eu paro. — Ele tinha uma mancha no rosto, mas era pequena. Mal dava pra ver.

— Tem que ser ele. — O número cinquenta e dois me alcança e me passa.

— Agora vai me dizer por que isso é importante? — Volto a andar.

— Depende. — Ele me encara. Seus olhos brilham no escuro. — Você quer sair daqui?

O que tem na enfermaria

Meu braço começa a doer durante a orientação, por causa da queda de ontem. Precisamos escrever as frases do quadro-negro cem vezes cada uma, nas folhas que recebemos.

"Eu não pertenço a mim mesmo."

"A comunidade vale mais que o indivíduo."

"Meu valor está ligado à minha integridade moral."

Coisas assim.

Levanto a mão e o homem de cinza aponta para mim.

— Posso ser dispensado da atividade? — Massageio o braço enquanto falo. — Ontem tive uma convulsão e me machuquei.

— Não.

Tento não chamar a atenção até a classe ser dispensada. Mesmo encontrar o número cinquenta e dois no caminho para o refeitório não é capaz de amenizar o mal-estar causado pelo combo da atividade e a dor no meu braço.

Estou engolindo uma garfada do que acho que é uma espécie de mingau de frango, quando o cento e vinte e dois encontra um lugar na mesa à frente. Desvio o olhar.

— Ouvi dizer que ele não voltou pro dormitório ontem — número cinquenta e dois sussurra para mim. — Pela cara dele, deve estar tomando aquele comprimido pra libido. Deixa a pessoa meio pra baixo.

— Sério? — pergunto. Minha voz sai um pouco mais entrecortada do que eu esperava. No fundo, tenho dó do grandão.

— Qual é? Já está com saudades de umas serenatas de amor? — Ele fecha os punhos e finge dar socos no ar.

Tento resistir, mas dou risada e ele me acompanha.

— Somos pessoas horríveis. — Desvio o olhar para o meu mingau.

Logo após o almoço, sigo o número cinquenta e dois até a biblioteca mais uma vez. Sentamos à mesma mesa para abrir o jogo de xadrez.

— Aqui também somos observados, mas não conseguem ouvir o que a gente fala. — Ele faz o primeiro movimento.

— Tem mesmo um jeito de escapar daqui? — sussurro.

— O lugar só tem uma saída, que é a mesma da entrada. O portão é aberto pelo guarda da guarita, e ele só abre pra carros previamente autorizados. — Ele respira. — Agora, jogue, ou podem desconfiar da gente.

Faço um movimento.

— E o que é que tem na enfermaria? — Sinto o almoço começar a se revirar em meu estômago.

— Essa é a parte em que eu preciso perguntar se você realmente quer fugir daqui. — Ele me encara. — Pessoas sacrificaram sua sanidade pra que a gente tenha esse tipo de informação.

— Eu quero. — Devolvo o olhar.

A imagem do Raí sorridente, descendo a escada de mão da Paradise e me roubando um beijo durante sua fuga da polícia invade meus pensamentos.

— Eu preciso. — Desvio o olhar.

— Tem um enfermeiro disposto a ajudar. — Sua voz é quase um murmúrio.

Minha imaginação vai logo para o enfermeiro que me atendeu ontem. Ele parecia mesmo mais simpático que os outros homens de cinza.

— O acampamento tem uma ambulância parada nos fundos, mas ela quase não é usada. — Ele move o bispo. — Geralmente, só sai pra manutenção.

Olho para o tabuleiro e tento me lembrar da derrota de ontem. Faço um movimento diferente em retorno.

— A chave da ambulância tem uma cópia que fica dentro da enfermaria, guardada em uma caixa trancada que só o enfermeiro de plantão pode abrir. E ele não pode levar a chave sozinho, porque sempre revistam os enfermeiros na saída, pra evitar o roubo de ferramentas e remédios que guardam lá dentro.

Ele coloca a mão sobre a rainha, mas move um segundo peão.

— E é por isso que precisamos de ajuda. O enfermeiro precisa nos dar a chave e precisa também agendar com a guarita uma saída para manutenção. — Ele continua avançando em seu jogo.

— Certo. — Suspiro, antes de mais uma jogada. — Agora, quero saber: por que vocês não fizeram isso antes?

— Meu grupo de fuga é bem pequeno, mas mesmo assim a gente tem medo que alguém possa soltar informações, seja sem querer ou por tortura. — Ele move a rainha. — E o único garoto que conhecia o enfermeiro teve um probleminha.

— Então por que você está contando isso tudo pra mim? — Mexo meu bispo.

— Porque eu acho que descobrimos a identidade do enfermeiro, e porque eu quero que você pegue a chave com ele. — Ele sorri e avança com a rainha mais uma vez.

— Xeque-mate? — Minha voz sai grave e sem força.

Ele acena com a cabeça.

— O único problema é que ainda não tenho certeza se é esse mesmo o cara, porque a gente só tem a dica da escala dos funcionários.

— E como é que faz pra ter certeza?

Ele aponta para o meu peito.

— Você vai perguntar pra ele.

Diálogos

Durante a marcha, estou distraído demais para conseguir memorizar a nova letra. Alguma ligação entre "dar a ré no quibe" e "mãe morta no caixão".

Alguns diálogos se desenrolam na minha mente. Diálogo 1:

Estou na enfermaria e encaro o homem de cinza com a mancha no rosto.

— Você é o enfermeiro que vai ajudar a gente a fugir?

Seus olhos brilham e ele sorri, enquanto tira algo do bolso. Ele sussurra:

— Estava esperando por você. Pegue esta chave.

Diálogo 2:

— Você é o enfermeiro que vai ajudar a gente a fugir?

Seus olhos se afinam, ele dá uma risada breve e ele diz:

— Sou o homem de cinza mais simpático de todos, mas não força a barra.

Diálogo 3:

— Você é o enfermeiro que vai ajudar a gente a fugir?

Seus olhos arregalados congelam por um instante. Ele grita:

— Preciso de ajuda aqui!

Na cena seguinte, estou preso a uma cadeira cheia de fios.

— Vamos! — diz o diretor. — Conte-nos quem mais faz parte do seu plano e como vocês planejavam fugir, senããããão...

Então ele encaixa um aparelho na minha cabeça. Um aparelho de dar choque na cabeça das pessoas.

— Antes de me conhecer, qual era o seu plano pra entrar na enfermaria? — sussurro para o número cinquenta e dois à entrada da quadra de esportes.

— Eu ia pedir pra alguém me bater. — Ele baixa a cabeça. — Me bater até eu estar de um jeito que precisasse ir pra lá. Por que a pergunta? Quer desistir?

— Eu já apanhei muito nesta vida. — Levo a mão para as minhas costas automaticamente. — Mas quero me cagar todo só de pensar em levar choque na cabeça.

— Sério mesmo? Prefere ficar aqui do que correr o risco? — Seus olhos arregalados me encaram. — Ou ainda acha que um príncipe encantado vai aparecer e te levar daqui?

O sorriso de Raí, seu maxilar firme, seus braços derrubando todos os homens de cinza em seu caminho em câmera lenta. Ele me levanta em seus braços e me carrega para a saída. Os outros garotos de branco e azul batem palmas e assobiam ao fundo.

"Ele não sabe que eu estou aqui", o sonho me volta à cabeça.

Protuberância

É muito mais fácil ficar longe de confusão durante o futebol quando nenhum membro do time adversário está apaixonado por você. Estamos jogando contra o dormitório que vai do oitenta e um ao cem, embora, dos vinte internos, apenas onze estejam em campo.

Ainda assim, fico alerta o tempo todo, me mantendo longe da bola e observando os outros jogadores. Hoje, jogamos de camisa, por isso reparo que o número quarenta e cinco, do meu time, está me encarando toda vez que olho ao redor. Reconheço o garoto como o menino cabisbaixo que tem saudade de chupar picolé. Nunca vejo ele conversando com alguém e parece ter sempre essa expressão vazia de cachorro abandonado no rosto.

Depois do jogo, ele fica ao meu lado nos chuveiros, bem perto de mim. Mais perto do que os outros garotos costumam ficar durante o banho. Mantenho o olhar fixo nos azulejos brancos da parede e penso na careta do meu pai. Extremidades da boca voltadas para baixo, olhos de peixe morto. Morte. Caixão. Esqueletos. Pau.

Flexiono o corpo para trás por instinto, antes de raciocinar que há uma mão no meu pinto. O número quarenta e cinco olha para o outro lado rapidamente.

Careta do meu pai, careta do meu pai, careta do meu pai. Rugas. Pus. Ferimento aberto. Explosão nuclear.

Ele agarra meu pinto.

Não dura nem um segundo, mas é o suficiente para a careta do meu pai ir ao espaço. Meu ouvido alerta capta uma movimentação atrás de nós.

— Eu vi o que você fez — diz o homem de cinza.

Ele precisa virar o número quarenta e cinco de frente, para que o garoto abandone a encenação e comece a chorar. Sinto meu coração amolecer e fico com dó.

— Você também — o homem de cinza grita. — Vire-se agora.

E eu sei que ele não vai gostar da visão, porque neste momento há um míssil em posição de disparo aguardando na base.

Sou empurrado para dentro de um quarto pequeno e escuro. Só é possível enxergar com ajuda da luz que atravessa uma pequena fissura retangular no alto da porta. Tateio a parede para confirmar que há um cabide, e encontro uma cama a menos de meio metro em direção à parede oposta.

— Número quarenta e quatro — grita o homem de cinza que me empurrou quarto adentro. Ouço o barulho do metal rangendo e ele volta a abrir a porta. — Você está sendo punido por conduta imprópria e ficará sem jantar.

Ele me oferece um copo d'água em uma mão e um pequeno recipiente descartável na outra, igual ao que recebo durante o jantar com meu remédio anticonvulsivo.

— Tome seu remédio — ele grita.

Noto que há dois comprimidos dentro do recipiente, em vez de um. Pego apenas o que reconheço e engulo com água.

— Tome todo o remédio — o homem de cinza grita.

— Senhor, este comprimido não é meu. — Ofereço o recipiente de volta.

— Tome tudo. — Ele se aproxima de mim. — Tome agora.

"Faça tudo o que mandarem", a voz de minha mãe volta a perturbar meus pensamentos, e eu engulo o comprimido desconhecido com a água.

Ao me deitar, sinto meu estômago doer de fome e também de medo de ser obrigado a tomar algo desconhecido que pode muito bem ser o tal remédio que corta a libido. O rosto abatido do cento e vinte e dois me vem à mente.

Nós rimos da cara dele. Nós *rimos*.

Mas todos os meus temores e arrependimentos vão ficando mais fracos, até que parecem não fazer mais diferença, porque não estou mais aqui.

Estou de volta a Amsterdã, à margem do lago dos patos. O cheiro de grama cortada se mistura ao cheiro do corpo de Raí, quente, me apertando com firmeza. Ele puxa minha bermuda e cueca para baixo com força, mas não muito, porque alguém pode aparecer a qualquer momento. Por isso, limito minha demonstração de prazer a um gemido muito baixo, quase um murmúrio.

Agarro a grama com as mãos, mas ela tem textura de tecido e vejo tudo escurecer rapidamente. Abro os olhos e não enxergo nada. A cama balança devagar, fazendo pouco barulho. Sinto um corpo pesado sobre mim. A fraqueza e a sonolência me fazem pensar que ainda estou sonhando e talvez ainda seja o Raí ali.

O raspar constante da pele abaixo do meu umbigo me causa estranheza. Não tenho tempo de raciocinar antes do gozo. Apenas suspiro e afundo a cabeça no travesseiro. Sinto as mãos subirem minha cueca ao lugar rapidamente, o peso sobre mim se alivia, o equilíbrio do colchão retorna e ouço o barulho metálico da porta.

Viro de lado e fecho os olhos. A sonolência agradece, mas minha ansiedade vai crescendo até se tornar ensurdecedora. Preciso ter certeza do que acabou de acontecer comigo, então levo meus dedos até onde a pele está irritada. A sensação do arranhar volta com tudo, mais forte do que quando estava de fato acontecendo. A imagem de um bigode grisalho e espesso arranhando minha barriga de novo e de novo. Em volta dele, se ilumina o rosto do diretor.

Passo o resto da noite tentando me manter acordado. Só então reconheço no meu paladar o comprimido misterioso, porque não é a primeira vez que o sinto. Eles me deram um calmante.

Em alguns momentos, minha consciência se apaga e tenho sonhos dolorosos. O Raí está de costas para mim, e tento fazê-lo se virar, mas não consigo. Ele fica em silêncio e eu me sinto culpado porque ele sabe que estive na cama com outra pessoa.

Meu coração acelera ao ouvir o sinal do despertar da manhã. Antes que eu termine de me vestir, a luz de fora se acende e a porta é aberta.

Soluções

A sala do diretor me parece mais opressiva do que da última vez. Reparo nos cantos escuros, nas ranhuras sobre a mesa, a ponta da jarra de água me parece uma arma, e o olhar do diretor é inquieto e perigoso.

— Estou decepcionado — ele diz, com a boca coberta por suas mãos cruzadas à sua frente, seus cotovelos sobre a mesa.

Desvio o olhar e fico em silêncio.

— Olhe para mim — ele diz, e levanto a cabeça rápido, pela semelhança com o tom do meu pai. — Eu ainda não perdi minha fé em você.

— Obrigado, senhor — digo, mas minha voz sai rouca.

— Tome um copo d'água — ele diz, enchendo um copo descartável e colocando à minha frente. Eu o deixo intocado.

— Aconteceu uma coisa comigo. — Minha visão fica úmida e desfocada. — Uma coisa muito feia, no quarto escuro.

— Que tipo de coisa feia? — ele pergunta pausadamente. Cada palavra é como um peso que me empurra em direção ao chão.

A imagem da cabeça do diretor subindo e descendo sobre mim, seu bigode raspando minha barriga de novo e de novo e de novo.

— Alguém deitou em cima de mim. — Minha voz é um sussurro. — E colocou a *boca*.

— Está claro que isso é fruto de sua imaginação, número quarenta e quatro. — Sua voz firme me cala. — O isolamento causa essas confusões na cabeça de garotos jovens como você.

Minha respiração está ofegante.

— É claro que existem casos mais graves. — Ele se inclina na minha direção. — Ilusões e paranoias que colocam em risco a nossa comunidade. Nesses casos, temos soluções mais agressivas.

Pego o copo de água e tomo de uma vez.

— Já ouviu falar de eletrochoque? — ele pergunta.

Cuspo parte da água de volta para o copo e continuo a tossir. Meus olhos se enchem de água.

Ele deita as costas sobre a cadeira.

— Mas tenho certeza de que aos poucos você vai perceber que tudo isso não passou de um sonho. — Sua voz é baixa e estável.

Pode contar comigo

A mão do número cinquenta e dois fica imóvel sobre um peão, seu olhar, distante.

— Aquele moleque era uma bomba-relógio — ele diz. — Podia ter acontecido com qualquer um de nós.

Não percebo que estou encarando o cinquenta e dois até ele me encarar de volta.

— Que cara é essa? — Ele aperta os olhos. — Foi só uma noite na solitária. Grande coisa.

— Ele... — sussurro. Meus pulmões não me obedecem, se recusando a inflar.

— O que foi? — Ele baixa a voz. — O que aconteceu lá?

— Ele me... — pigarreio. Sinto meu corpo suar.

O número cinquenta e dois me observa em silêncio. Meus olhos são invadidos por um calor e uma ardência familiar e uma lágrima escorre pela lateral do meu rosto.

— Chupou. — Minha voz é uma brisa suave. Meu corpo paralisa e então começa a tremer cada vez mais forte.

Pisco os olhos para desobstruir minha visão. O número cinquenta e dois não está mais à minha frente. Um peão cai sobre a mesa. A ardência dos meus olhos é substituída por uma ardência na minha face esquerda.

Vejo o vulto da mão de cinquenta e dois.

Meu corpo para de tremer, eu respiro e o encaro. Ele ostenta um leve sorriso em seu rosto, enquanto olha para a frente.

— Um bom tapa na cara, neste lugar, é praticamente um abraço apertado.

Começo a rir. Ele ri comigo e minha risada aumenta. Quando paro, enxugo meus olhos.

— Eu preciso sair daqui. — Respiro fundo. — Eu aceito os riscos. Pode contar comigo.

— Era tudo que eu precisava ouvir. — Ele sorri novamente.

A chave

Apesar da minha determinação, sinto se formar uma rodela de suor no tecido sob minhas axilas agora que estou procurando o momento ideal para apresentar minha atuação.

"A qualquer momento durante a partida de futebol", diz a voz do número cinquenta e dois em minha cabeça.

Eu me jogo no chão e começo a fingir tremedeiras. Olhos fechados, a boca forçando a produção de saliva.

"Você precisa segurar a atuação por pelo menos um minuto", a voz dele ecoa em meu crânio. "É a única maneira de parecer convincente."

"E se eles não acreditarem em mim?", minha voz interna berra em resposta. "Precisa ser hoje ou só teremos a mesma chance daqui duas semanas", a voz imaginária do número cinquenta e dois agora é um sussurro.

— Senhor, o número quarenta e quatro é epiléptico! — grita o número cinquenta e dois real. — Ele precisa ser levado pra enfermaria!

Logo, pares de mãos fortes me carregam com aparente facilidade sobre uma maca. Eles caminham em silêncio durante todo o caminho. Através das pálpebras, vejo as mudanças de iluminação ao nosso redor, e desconfio que chegamos assim que me transferem para uma maca fixa.

— O garoto convulsionou no meio do futebol — diz uma voz. — Espere ele acordar e mande para o chuveiro. Olhe embaixo dos braços. Fedido feito um gambá.

Respiro fundo para evitar uma risada explosiva que acabaria com meu disfarce. Ouço a porta se fechar e passos caminhando na minha direção.

Dedos abrem minhas pálpebras e vejo o clarão de uma lanterna.

— Já acordou? — pergunta o homem de cinza, seus olhos arregalados.

Ele não tem mancha no rosto.

Seu crachá diz "Ernesto". É um homem de pele escura e hálito de hortelã. Ouço o barulho da bala dura se movendo em sua boca.

Ele se afasta sobre a cadeira com rodinhas.

— Pode ir para o banho, então.

Penso rápido.

— Preciso descansar um pouco — murmuro. — Está tudo girando.

A escala estava errada.

Preciso encontrar a chave eu mesmo.

Abro os olhos devagar e Ernesto está olhando para baixo, ocupado com folhas e mais folhas de papel.

Na parede à sua frente está presa uma pequena caixa de metal com fechadura. Há um pedaço de papel colado nela escrito "Chaveiro". Olho para as estantes metálicas na parede oposta e vejo uma tesoura à mostra. Escorrego a perna direita para fora da maca, bem devagar. O barulho da porta se abrindo me assusta e encolho a perna para dentro de novo.

— Desculpe o atraso — diz Jacques.

— Não tem problema — responde Ernesto. — Só recebi a visita desse garoto que convulsionou no meio do futebol, mas já estou para dispensá-lo.

— Pode deixar a ficha aí — diz Jacques. — Eu termino de preencher.

Jacques entra e começa a contar objetos nas prateleiras de metal. Encontra a tesoura e outros objetos soltos que guarda dentro de gavetas.

— Até amanhã — diz Ernesto, antes de bater a porta.

Meu coração bate como uma marreta contra meu peito. Tento fazer uma cara séria, mas logo perco o controle da minha mandíbula, que faz meus dentes se baterem uns contra os outros. Respiro fundo.

— Vejo que está vestido hoje, número quarenta e quatro — ouço ele dizer, rindo, em câmera lenta. Quase posso levantar a mão e tocar uma partícula de pó antes que a gravidade faça seu trabalho.

— Você é a chave? — pergunto. Minha voz sai arrastada, quase se desmanchando.

— O quê? — Jacques se senta na cadeira de rodinhas e me encara. Suas sobrancelhas se apertam e fazem um risco no meio da testa.

— Desculpa. — Penso que vou vomitar. — A chave da ambulância. Queremos fugir.

Vou vomitar e me cagar todo.

E depois levar um choque na cabeça.

Fim.

Jacques não arregala os olhos nem começa a gritar. Ele diz qualquer coisa em que não presto atenção e fecha os olhos por um momento.

Um longo momento.

Então, ele abre os olhos, se levanta, destranca a caixa na parede e pega a chave da ambulância.

— Vocês precisam estar na guarita amanhã logo após o sinal da janta. — Ele não tira os olhos da chave. — Não podem sair do refeitório todos de uma vez, ou vão desconfiar.

Não sei o que fazer, mas me sinto mal por estar deitado sendo que nem estava doente de verdade, então me levanto.

— Achei que vocês tinham desistido. — A voz dele é baixa. — Eu não via a hora de poder pedir demissão desse lugar.

— Por que você não denuncia pra alguém? — Paro ao seu lado.

Ele me encara e sorri.

— O dono tem contatos no governo. Ninguém vai vir te salvar.

Quatro peões

Não me lembro de andar até o chuveiro. A água gelada me ajuda a manter a calma. Não dá para perder o controle quando tem um monte de água gelada martelando sua cabeça raspada.

Encontro o número cinquenta e dois sentado à mesa no refeitório. Bandeja vazia. Ele parece mais nervoso que eu, balançando as pernas sem parar, o corpo curvado sobre a mesa. Sento ao seu lado. Ele me olha de baixo para cima, boca semiaberta.

Aceno com a cabeça. Ele fecha os olhos e suspira.

O pouco que consigo comer ameaça subir pela minha garganta durante boa parte da noite. Com as luzes apagadas, alguém grita para que eu faça silêncio enquanto me reviro sobre o colchão, tentando conter o medo de ser pego.

Na tarde do dia seguinte, nos encontramos novamente na biblioteca. O número cinquenta e dois parece concentrado no nosso jogo de xadrez quando termino de contar o plano de Jacques. O céu está limpo. Começo a roer as unhas de expectativa.

— Não podemos ser vistos em grupo — ele sussurra. — Um de nós pode ir direto para o carro, sem passar pelo refeitório. Estamos em quatro...

— Quatro? — Saio do modo de espera. — Achei que tivesse mais gente envolvida.

— Nunca daria certo com muita gente — ele responde com a voz baixa, ainda encarando o tabuleiro.

Ele move a mão e come mais uma peça minha.

— Veja. — Ele pega com uma mão só os quatro peões que comeu. Seu rosto está iluminado. — Nós podemos fazer isso.

O soco

A caminho do jantar, o número cinquenta e dois me apresenta os números cinquenta e seis e cinquenta e sete, ambos garotos de sobrancelha grossa e cheios de pinta na cara. São muito parecidos, exceto que o cinquenta e sete é mais alto e magro, sempre com um olhar apertado e agressivo.

— Eles são irmãos — número cinquenta e dois confirma.

Reviso a estratégia com a voz dele em minha cabeça.

"O cinquenta e sete leva a chave, porque é o único que sabe dirigir e vai passar reto no refeitório para nos aguardar atrás da ambulância. Eu e o quarenta e quatro vamos começar uma briga e derrubar nossas bandejas logo no começo. Por último, o cinquenta e seis vai terminar de comer e nos encontrar lá."

Ao entrarmos na fila da comida, o número cinquenta e sete passa despercebido pela segunda entrada do refeitório. O número cinquenta e dois desvia o olhar e sorri. Sentamos lado a lado. Mal começo a enrolar o macarrão no garfo de plástico, ele derruba minha bandeja.

Estamos de pé. Não precisamos dizer nada. O número cinquenta e dois toma impulso e me acerta um soco no rosto mais forte do que eu esperava. Cambaleio para trás e enrosco a perna no banco, tropeçando e batendo a cabeça na borda da mesa.

Coloco a mão sobre o ferimento. Isso não estava nos planos.

Um homem de cinza se aproxima para olhar.

— Tire a mão da frente, número quarenta e quatro — ele grita.

Sinto meu estômago duro feito pedra, mas respiro fundo e aceno com a mão.

— Não foi nada — digo. — Só está doendo um pouco.

O número cinquenta e dois se afasta, larga sua bandeja sobre a lixeira e se dirige à saída. Seus olhos parecem úmidos quando ele olha para mim. O cinquenta e seis está lá atrás, comendo macarrão o mais rápido possível.

— Se houver um corte eu preciso saber, número quarenta e quatro — o homem grita de novo, então se aproxima e agarra minha mão à força.

Não tenho um espelho para ver o ferimento, mas posso ouvir as expressões de espanto dos garotos ao redor.

— Preciso de assistência — o homem de cinza grita, sem soltar meu braço.

— Não posso esperar — eu digo, mas ele não olha para mim. — Tenho que ir. Me solta.

Quanto mais tento me livrar, mais forte ele me aperta.

— Me deixa ir. — Minha voz sai embargada. — Me deixa.

Vejo o cinquenta e seis passar pela porta e depois, mais nada.

Tem sangue nos meus olhos.

Amargo

Meu ferimento lateja por trás do curativo, com a cabeça deitada sobre o travesseiro.

Foi um corte superficial, disseram. Mas a cada latejar, ouço uma voz gritando de alegria, o motor roncando de aceleração, o vento refrescando meus amigos, as estrelas brilhando no céu em comemoração.

Olho para a cama do cinquenta e dois e ele não está aqui. As camas do cinquenta e seis e do cinquenta e sete também estão vazias.

Eles partiram.

Mas meu coração se partiu sozinho.

— Não está faltando gente aqui? — pergunta um garoto na cama ao lado.

— Devem ter se metido em alguma treta — responde outro.

— O quarenta e quatro não é amigo do cinquenta e dois? — diz o primeiro. — Ei, quarenta e quatro, sabe o que aconteceu?

Fecho os olhos e ignoro o que dizem. Sei que eles não podem me tocar. Ninguém pode me tocar. Não estou aqui. Isso aqui é só um pedaço de carne deixado para trás. Mesmo assim, sinto meu braço ser balançado. Abro os olhos e vejo um homem de cinza apertando os olhos para mim.

— Vista-se, quarenta e quatro. O diretor quer falar com você.

Sento-me em frente ao diretor. Encaro seu bigode enquanto ele fala, sem ouvir uma palavra. Sua língua se move, como se moveu em mim.

— Eu não devia estar aqui — eu digo.

— Onde você deveria estar? — Ele se recosta na cadeira. — Com seus amigos fugitivos? Não se preocupe. Eles já estão voltando.

Tudo começa a girar. Minha cadeira pende para o lado e percebo que é meu corpo que está caindo.

— Olhe para mim! — ele grita. — Eu sei que roubaram minha ambulância. O que eu preciso saber é se tiveram ajuda de alguém aqui dentro.

— Você está mentindo — rosno para ele.

— O quê? — Sua voz sai baixa. Provavelmente, ele não esperava o ataque.

— Você mente! — eu grito. — Você abusou de mim no quarto escuro e depois disse que eu imaginei tudo, porque é um hipócrita. Um pervertido. E agora está mentindo de novo, porque não tem como eles estarem voltando pra cá.

Ele levanta a mão e faz um sinal. Um homem de cinza me puxa da cadeira e eu me debato, porque quero continuar falando.

— Leve o quarenta e quatro para a solitária — diz o diretor, fazendo uma anotação em um bloco de papel. — E peça para agendarem um eletrochoque para amanhã no primeiro horário.

— Não! — eu grito. — Você é quem precisa de um choque na cabeça! É você!

Continuo sendo arrastado pela sala, que gira agora mais do que antes. Todo meu medo e minha ansiedade se juntam e meu corpo se dobra involuntariamente. Como não pude jantar, regurgito apenas um líquido amargo e amarelo sobre o uniforme cinza do homem que me carrega.

— Filho de uma...

Surge um segundo homem de cinza assim que passamos pela porta e eles me arrastam com tanta facilidade que só me resta aceitar.

Acabou.

Acabou tudo.

Vou levar um choque na cabeça.

Vou levar um choque na cabeça e virar um vegetal.

O abraço

Toca o sinal, mas a porta não se abre. Sinto que se esqueceram de mim. Começo a perder a noção das horas, até que me entregam uma bandeja com comida e o meu remédio.

Quanto mais o tempo passa, mais ansioso eu fico. Minhas unhas são apenas tocos do que já foram um dia. Mesmo assim, não ouso gritar ou bater à porta. Nada de bom me espera lá fora.

Noto quando começa a escurecer, porque acendem as luzes de fora da cela. Pouco depois, a porta se abre e eu me visto.

— Posso caminhar sozinho — digo baixinho.

Se sou obrigado a ficar aqui, talvez não seja má ideia que eu não saiba quem sou nem onde estou. Só falta convencer minhas mãos, que não param de tremer.

Minhas mãos e meus dentes. Estúpidos. Não sabem que é melhor parar de resistir.

Incorporo a figura de Raí após alguns passos e começo a me sentir melhor. Sinto que, se me concentrar bastante, posso até rir da minha situação e enfrentar meu destino sem tremedeiras.

Quase caio para a frente. O homem de cinza dá um tapa no topo da minha cabeça e para ao meu lado, com os olhos semicerrados.

— Isso é por vomitar em cima de mim.

Eu o encaro, esfregando a mão na cabeça. Ele aponta a curva à direita e eu continuo andando.

Há um homem ali, de pé, mas meu cérebro hesita em reconhecê-lo. Hesita porque raramente viu um sorriso naquele rosto antes.

— Pai? — sussurro.

Ele se aproxima e me abraça. Um abraço apertado.

— Me desculpa, filho — ele diz. — Me desculpa.

— O que aconteceu, pai? — Ele afaga minhas costas.

— Sua mãe e eu conversamos. Eu agi errado. Você não devia estar aqui. Vamos pra casa. Vamos ser uma família de novo. Todos juntos.

Não consigo evitar os soluços. Meu coração partido se funde e bate forte, aquece meu peito. Estou a salvo. Não preciso mais estar sozinho.

— Eu sabia que podia confiar em você. — Minha voz sai baixa e entrecortada, enquanto aperto o abraço de volta.

Caminhamos juntos pela grama. De longe, vejo o diretor me observar de braços cruzados.

— Pai, você vai me trancar de novo? — pergunto cabisbaixo.

— Nunca mais. — Ele me olha e sorri. — Você vai ser livre. Para sempre. Eu prometo.

Gritos. Olho na direção deles e vejo o cinquenta e dois sendo arrastado por dois homens de cinza, enquanto o cinquenta e seis e o cinquenta e sete são apenas empurrados.

Dou um passo para ir até eles, mas sinto uma pressão sobre meu ombro.

— Não podemos ajudá-los — diz meu pai. — Vamos.

O que eu quero

Com minhas roupas antigas e sentado no banco do passageiro ao lado do meu pai, tento fingir que tudo o que aconteceu desde que chegamos não passou de um sonho. Exceto que minhas mãos estão tremendo novamente, assim como meus dentes.

"Está claro que isso é fruto de sua imaginação", ouço a voz do diretor em minha cabeça.

— Pai. — Olho para ele. — Eu ainda sou, você sabe. Não quero mentir pra você. Quero que a gente seja uma família de verdade.

— O quê? — ele me pergunta com a voz baixa.

— Ainda sou apaixonado pelo Raí. — Prendo a respiração. — E... eu quero ver meu namorado.

Sinto meu corte latejar. Minhas mãos suam e quero desviar o olhar para não ver a cara de decepção dele.

— Aposto que vocês vão se ver em breve — ele diz.

Um grande peso abandona meu peito e consigo respirar novamente. Uma lágrima escorre dos meus olhos. Seco-a com o braço e olho para o lado.

— O que foi? — Meu pai ri. — Não é isso que você queria?

O poço mágico

Entro em casa e as luzes estão apagadas.

— Mãe? — grito, enquanto acendo a luz da sala.

Caminho até a cozinha. Ninguém ali.

— Pai? — Ouço o barulho da porta sendo trancada. — Cadê a minha mãe?

— Eu queria fazer uma surpresa para ela. — Ele sorri. — Não avisei que eu ia te buscar hoje.

Meu pai passa por mim em direção à cozinha, apertando o interruptor.

— Preciso da sua ajuda — ele diz, abrindo a porta que desce para a lavanderia no porão.

Deixamos a máquina de lavar, o tanque e a secadora para trás. À nossa frente, há um poço feito com blocos escuros, com uma pesada tampa de pedra cobrindo a circunferência.

— Antes da água encanada, seu avô usava este poço para pegar água. É muito antigo e secou faz tempo. — Ele passa a mão sobre a pedra. — Me ajude a empurrar.

A pedra é pesada e oferece resistência em atrito com os blocos de baixo. Meus braços parecem feitos de gelatina quando conseguimos empurrar o suficiente para tombar a pedra no chão.

— Quando eu era pequeno, seu avô me dizia que esse poço era mágico. — Ele olha para o fundo, então caminha até o armário. — Ele dizia que se você fizesse um pedido depois da meia-noite e desejasse muito forte, ele se realizaria.

Coloco as mãos na borda do poço e olho para baixo. Vejo apenas o breu. Fico de costas para ele, procurando o relógio, e encontro em cima do armário. Ainda são onze e cinquenta e nove.

— Olha isso, pai. — Rio.

Mas meu pai não ri de volta. O homem que está aqui lembra o pai que eu conheço. Ele tem a careta da boca que se curva para baixo e os olhos de peixe morto, mas não parece meu pai mais do que o sorridente de agora há pouco. Não parece meu pai enquanto segura o cabo da faca que entra em minha barriga. Eu faço um som tipo "Oh oh" bem rouco, porque estou paralisado de pânico e não consigo respirar.

— Sinto muito, filho, porque eu falhei — ele diz, olhando nos meus olhos.

Pela primeira vez, sou capaz de vê-lo sem máscaras. Sem as qualidades que eu inventava para poder viver com o fato de que aquele homem... Aquele homem ali...

— Você nunca foi meu pai de verdade, foi? — Eu sorrio como posso.

Vejo sua expressão se contorcer ao ouvir isso. Ele está tremendo.

— Nós vamos ser muito felizes do outro lado — ele continua. — Você, sua mãe e eu. Como uma família novamente.

Tanto tempo e energia desperdiçados.

Abro a boca e digo uma coisa inédita:

— Vai se foder.

Seu olhar morto ganha um pouco de vida, arregalado. Era disso que eu tinha tanto medo? Uma lágrima escorre pelo meu rosto, mas eu continuo repetindo, gritando, cuspindo.

Ele puxa a faca de volta e me empurra para trás com força. Mas eu continuo repetindo. Porque neste instante em que estou paralisado, sentindo tremores, com tudo girando, em direção ao breu do fundo do poço, eu me permito.

Eu me permito me sentir como se eu estivesse nos braços do Raí.

Eu me permito estar vivo.

PARTE 5

Todos

Atitude

— Bernardo? — digo ao acordar do meu cochilo, ainda confuso e cuspindo sangue. Consigo focar o oficial Jorge levantando um sorrisinho de canto de boca.

Arquejo algumas vezes, porque é cansativo ficar sentado por tanto tempo, com os braços formigando, presos com algema à parede.

— Fraquejando? — ele pergunta, levantando o tom da voz no final da palavra.

— Pode pensar o que quiser pra te ajudar a dormir à noite... — Mando uma cusparada vermelha próxima à sua bota.

Ele volta a me bater. Mas bate tão fraco que eu quase consigo pensar em outras coisas enquanto estou aqui. Posso levar um soco direto na cara sem medo de perder um dente.

Ele para de bater, já ofegante, balançando a mão com os dedos abertos, provavelmente doloridos. Senta-se em uma pequena cadeira encostada à mesa um metro adiante e enche um copo d'água, que bebe sofregamente.

— Por que você mantém esse bigode tão grande? — pergunto. Seus olhos se arregalam. — Assim, ele fica todo molhado quando você bebe.

— Um dia, essa atitude vai te matar — ele fala baixo.

— Não dá tempo. — Suspiro. — Cancelaram minha estadia aqui por falta de provas, então esta é a nossa última noite.

— Eu sei. — Ele ri. — Por isso eu gastei um tempo a mais com você hoje.

— Não fica triste. — Sorrio. — Sempre vamos nos lembrar do dia em que você fez tanta força que se mijou nas calças.

Ele se levanta com os olhos apertados e atira a cadeira no chão. Toma um leve impulso, então para e respira profundamente antes de devolver a cadeira ao lugar.

— Levem ele para a cela — Jorge diz para os oficiais do lado de fora.

Visita íntima

Colocam apenas um *muffin* de chocolate na minha bandeja.

— Só tem um *muffin* aqui. — Encaro a senhora grisalha que está na linha de frente hoje.

Ela não gosta de mim, porque é careta. Veio parar aqui porque matou o marido, mas não tem coragem de me encarar de volta.

— É o que todo mundo recebe. — Ela dá de ombros.

— Meu pai sempre me disse que eu não sou todo mundo. — Sorrio, sem deixar o sorriso chegar aos olhos.

Uma mulher mais jovem, de cabeça raspada, surge sobre o ombro da mais velha.

— Dá logo a porra do *muffin*. Não é porque você não precisa dela que as outras não precisam.

Enfio os *muffins* na blusa, entre meus peitos, e caminho em direção à minha cela. Melhor, desfilo pelo pátio. Rebolo como se estivesse calçando salto alto. Mulheres de todos os lados gritam e assobiam.

— Muñoz — grita um guarda. — Melhor guardar a animação pra visita íntima.

As provocações se transformam em gritos e ronronares diversos, que me fazem sorrir.

Na cela, minha companheira está sentada na parte debaixo do beliche folheando um livro, mas esbugalha os olhos quando me vê. Parece que eles vão saltar das órbitas e deixá-la cega para que nunca mais possa ler um livro.

— Desculpa, desculpa. — Ela bate na própria cabeça com as mãos abertas e sobe para sua cama.

Pego o livro. *Orgulho e preconceito*. Sinto seu cheiro enquanto folheio até chegar onde parei.

Ah, senhor Darcy.

Como os dois *muffins* na cama, cuidando para não sujar as páginas com os dedos melecados de chocolate.

— Muñoz, já liberaram o quarto, então vamos agilizar — diz o guarda que faz a ronda da tarde nos corredores. Um homem gordo, de bigode ralo. — Levanta essa bundona daí.

Encontro a Cristina só de bermuda sobre a cama. Toda vez.

— Vem arrancar isso aqui. — Ela ri.

E eu arranco.

Quando gozo pela terceira vez, escorre uma lágrima do meu olho.

— O que foi? — Ela toca meu rosto com leveza, enxugando.

— Você nunca derramou uma lágrima depois de gozar? — Sorrio para ela, que vira para o outro lado, para que eu possa abraçá-la.

— Não vejo a hora de você sair — ela sussurra.

— Eu não. Estou ótima. — Sorrio. — Sabe há quanto tempo eu estava adiando ler alguns livros? Primeiro tinha o trabalho, depois a gente foi pra Europa e aí *você* era meu trabalho.

— Não precisa fingir comigo — ela diz baixinho.

Sinto meu couro cabeludo se encrespar, solto o corpo dela e começo a vestir minha roupa de baixo.

— Eu sei que você tem trabalhado daqui de dentro. — Sua voz sai grave e acusadora.

— Acho que você não precisa mais vir — eu digo firme e enfio a blusa pela cabeça.

— Eu nunca precisei vir. — Ela me encara. — Eu venho porque eu quero. Porque eu te amo. Porque eu vou esperar quanto tempo for necessário.

— Eu não te amo mais. — Desvio o olhar. — Agora, segue com sua vida e eu sigo com a minha.

Ando depressa até a porta e bato com a mão. Ela vem e me abraça por trás.

— Não se preocupa — ela sussurra. — Eu vou estar lá fora pensando em você, mesmo que você não me deixe mais te visitar. Mesmo que você cumpra todos os vinte anos, eu quero ser o primeiro rosto que você vai ver quando sair daqui.

O guarda abre a porta, me desvencilho de Cristina e atravesso.

Assim que viro no corredor, as lágrimas chegam.

Não só isso, elas inundam.

Elas me fazem gritar.

Elas me impedem de desistir.

Engrenagens

Uma mulher jovem segue andando distraída sobre o calçadão tumultuado com a abertura das lojas. Seus olhos pairam sobre mim e encontram os meus. Contato visual. Ela sabe que não tem escapatória.

— Me deixe ver sua mão — falo com a voz baixa, sem deixar de encará-la.

Vejo as linhas, que se transformam em imagens e sons traduzidos em palavras na minha boca.

Sinto seu braço relaxar sob meu toque assim que falo sobre sua mãe, sobre o tricô que ela gosta de fazer todas as tardes, sobre os sintomas misteriosos que ela tem apresentado. Ofereço meu toque, dou uma semente em sua mão e digo para que nunca perca nem deixe outras pessoas verem.

Ela enfia a mão na bolsa e descobre que não tem trocado. A saúde da mãe é mais importante do que uma nota de cinquenta reais.

As ciganas que dividem o calçadão comigo nunca me cumprimentam nem me dirigem o olhar. Sempre pensei que fosse pela estranheza de ter uma nova concorrência aqui, mas já estou há tempo suficiente para saber. Todas elas têm algum parentesco.

Meu pai me observa do outro lado do calçadão.

— Já falei que essa barba ficou ótima em você? — digo a ele, antes de tomar um gole de café com leite.

Meu pai desvia o olhar.

— Até quando você vai manter esse teatro, Cris?

— Pai, isso não é teatro. Eu passei muito tempo sendo atormentada por espíritos das trevas — começo a sussurrar. — Espíritos se passando pela mamãe.

Ele toma um gole do seu café preto.

— Agora, eu finalmente encontrei um espírito de luz, e foi ele que me mostrou essa visão. E pra essa visão funcionar, eu tenho que estar aqui.

— Filha, o que você encontrou foram as velharias da sua mãe. — Ele me encara. — Eu achei que nunca mais veria esse véu, esse jogo de baralho que você carrega para todo lado.

Seu rosto murcha como uma casca de maracujá.

— Pai, eu prometo que vou terminar a faculdade, arranjar um emprego que não envolva ler a sorte das pessoas, fazer todas as coisas que você quer pra mim, porque eu quero tudo isso também.

Ele suspira.

— Desde que não seja por muito tempo. — Sua voz sai baixinha.

— Já é quase meia-noite.

— O quê? — Ele levanta as sobrancelhas. — Não é nem quase *meio-dia* ainda.

— Eu disse...

Shhh. Imagens se traduzindo em palavras.

Luz. Escuridão. Um riso que vira choro. Uma piscina de sangue coagulado. Será tarde demais?

— Pai, desculpa. — Limpo a boca com o guardanapo. — Eu preciso ir.

Meia-noite

Aguardo com as mãos sobre a alça da minha mala de rodinhas, enquanto o portão elétrico se abre. O céu da manhã é morno sobre a minha pele.

— Vai sentir minha falta, Jorge? — pergunto com um sorriso no rosto, mas não olho para ele.

— Nunca vi um detento tão abusado — ele diz. — Mas vou sentir falta de pisar em você com a minha bota toda noite.

— Manda um beijo pras suas filhas por mim — eu digo e saio pelo portão.

— Vai se foder. — Ele ri às minhas costas.

Faço sinal para o ônibus. Desço em frente à loja de que eu preciso.

— Ei, tem que pagar! — grita o motorista.

Tem todo tipo de martelo e marreta nas prateleiras. Escolho a maior e mais pesada. Testo com um braço só. Testo com dois.

Fiz exercícios todos os dias desde que me jogaram na cadeia.

Valeu a pena.

Aguardo minha vez no caixa.

— Senhor, a gente não aceita essa nota — diz a atendente do caixa. Uma moça bem mirradinha, provavelmente da minha idade. Ela segura uma nota de dez euros na mão.

— Moça, eu costumava ter um *taser*, mas agora eu não sei onde ele foi parar. — Coloco as mãos sobre o balcão. — Quer que eu saia por aí de mãos abanando?

— Eu pago — diz uma mulher ao meu lado já enfiando a mão no bolso e tirando várias notas amassadas.

Ela olha para mim e demoro a reconhecê-la por causa do véu.

— Cris?

Ela me abraça e sussurra em meu ouvido:

— Eu fiz a minha parte. O Bernardo está preso na casa dos pais e você precisa chegar até ele antes que dê a meia-noite. Ou talvez ela já tenha chegado e passado. — Sua voz sai entrecortada. — Me desculpa.

— Por que você está falando assim? O que aconteceu? — Levanto apenas uma sobrancelha.

— Vai! — Ela grita.

Estou na frente da casa de Bernardo, meu corpo inteiro suado, carregando uma marreta sobre o ombro, então lembro que deixei minha mala dentro da loja. Jogo a marreta por cima do portão e ela cai do outro lado com um estrondo. Tomo impulso e subo pelo canto, tomando cuidado com o arame farpado do topo.

Isso é novo.

Preciso cobrir as mãos com meus tênis e me pendurar do outro lado, mas elas escapam e eu caio rolando.

Olho para a porta e estranho ninguém ter aparecido. Olho para o lado. O carro do velho está aqui.

Pego a marreta e acerto o capô. O sinal do alarme é estridente. Ninguém aparece.

"Você tem que correr", ouço a Cristina em minha cabeça.

Pego a marreta com as duas mãos e jogo todo o meu peso por trás dela contra a porta. Consigo uma boa envergadura próximo à fechadura. Tomo impulso e ataco novamente. Com a madeira toda rachada, uma nova pancada abre o buraco de que eu preciso para enfiar a mão por dentro e abrir a porta com a chave.

Meus instintos estão mais aflorados do que nunca, e meu olfato me leva escada acima. Sinto minha cabeça pegando fogo ao abrir a porta do quarto do Bernardo com um chute. Ninguém aqui.

A porta dos pais dele está aberta e desconfio que a mãe esteja lá dentro. Entro. O sangue escorrido sobre a cama já meio seco e o cheiro pútrido revelam que ela está morta há algum tempo.

Volto à sala. Nenhuma pista ali ou no banheiro, mas há uma porta aberta na cozinha. Desço as escadas. Não há ninguém à vista, mas o tanque me chama a atenção.

Cheio de água vermelha. Enfio a mão até o fundo e encontro um objeto. Uma faca está na minha mão.

Bernardo com a jugular cortada, caído no chão. Um mar de sangue à sua volta.

Bernardo esfaqueado vinte vezes, como em muitas das histórias contadas por colegas na prisão.

Sinto como se tivesse levado um murro no estômago, mas um par de mãos empurra minha cabeça para dentro da água. Eu amo água. A água é minha amiga. Nem as coisas que amamos estão isentas de nos causar mal.

Tento chutar, socar e dar cotoveladas no meu agressor, mas estou em uma péssima posição, mergulhado dentro do tanque.

Paro de me mexer.

Paro porque se essa faca foi usada no Bernardo e eu não cheguei a tempo, não tem mais necessidade de pressa. Meu destino pode muito bem ser aqui, neste tanque, mergulhado no sangue dele.

Paro porque, se eu jamais tivesse conhecido o Bernardo, talvez seu pai não tivesse chegado a este ponto e ele estaria vivo agora.

Paro porque acho que mereço o que estou recebendo.

"Impossível!", escuto a voz da Bia na minha cabeça.

Sempre tive bons pulmões. Consigo segurar a respiração por muito tempo e ele não sabe disso. Para mim, é automático cronometrar minha capacidade. Estou mergulhado há um minuto.

Volto a me mexer, mais violento que antes, então finjo espasmos e paro de novo. Ele se afasta.

Eu me levanto, prendo seu pescoço por trás e aperto. Ele é pesado e joga seu peso contra mim. Eu caio, mas levo ele junto. Meu braço direito pressionado contra sua glote.

Sinto sua resistência diminuir até seu corpo desfalecer. Olho para cima. O relógio em cima do armário marca onze e cinquenta e nove. Em um relógio analógico, meio-dia ou meia-noite parecem iguais.

Jogo o velho para o lado e começo a correr. Não posso deixar esse ponteiro dos minutos chegar ao topo. Um poço com uma pesada tampa de pedra chama minha atenção, mas um barulho me faz parar e virar a cabeça.

O pai do Bernardo tem um revólver engatilhado na minha direção. Ele está chorando e seus ombros sobem e descem com seu soluço.

Ouço um tique acima da minha cabeça e levanto o olhar.

Doze horas.

Um estouro.

Eu te encontro onde você estiver, Be. Mesmo que eu tenha que encarar a aventura de morrer para isso.

Continuo de pé. Estou ileso.

A cabeça do pai do Bernardo pende para o lado e ele cai. Seus olhos de peixe morto nunca fizeram tanto sentido.

Corro para o poço.

— Be! Eu cheguei! — Sinto minha garganta se fechar. — Be, sou eu! — grito tão alto que arranho minha garganta.

Abro o armário com violência, derrubando vários objetos ao chão. Encontro uma lanterna funcionando. Ilumino e me debruço sobre a beirada.

Ele está sujo e arrebentado e de cabelo raspado. A posição dos seus braços e pernas não parece nada confortável, ele não se mexe, mas ainda é o meu namorado.

Penso ver duas estrelas brilhando de volta do abismo. O reflexo me faz bater o braço na borda e deixo a lanterna escapar lá para baixo.

— Eu só queria te abraçar mais um pouco — digo com a voz entrecortada. Minha visão está embaçada e meu nariz, escorrendo. — E depois mais um pouco. E mais um pouco. Pra sempre.

Ajoelho no chão e olho para o lado. Vejo o revólver ainda na mão do Luiz.

Caminho até ele. Era a última bala. Ele sabia que ia se matar o tempo todo.

Vejo a faca caída aos meus pés. Pego-a e volto para o poço. Talvez nós ainda possamos ficar juntos.

Quero estar com você mesmo que seja no fundo do poço.

Ouço um barulho, porque meus instintos ainda estão aguçados.

É muito fraco e vem lá de baixo.

Largo a faca, seguro a borda com as duas mãos e me penduro com um ouvido virado para baixo.

Parece só um chiado.

— Be? — Minha voz sai firme e então vai afinando. — Eu ainda não quero partir. Fica comigo.

É a última chance que dou ao Universo antes do meu ato final, então concentro toda a atenção em escutar. Chego a ouvir o sangue pulsar em minha carótida e o som inexistente da lâmpada da lanterna.

Engulo a saliva na minha boca e seguro a respiração para ouvir uma tosse. Foi bem fraca, mas ainda assim, uma tosse. Ela ecoa pelas paredes do poço. Sinto a adrenalina me invadir e fica mais difícil controlar meus batimentos cardíacos. As engrenagens no meu cérebro continuam girando enquanto espero ouvir uma confirmação. Essa tosse podia ter sido uma palavra? Podia ter sido "Eu"? Se foi mesmo o Bernardo, com certeza ele disse "Eu".

— Você... o quê? — sussurro.

Um som ainda mais ínfimo, como o de uma folha caindo sobre a grama macia a muitos metros de distância.

Respiração.

Desligo meus pulmões, meu sistema digestivo, as partes barulhentas do meu cérebro, transformo meus membros em equipamentos de metal, presos à borda com firmeza.

Agora, consigo ouvir seu sussurro rouco:

— Não posso prometer nada.

Agradecimentos

Este livro só foi possível porque pessoas além de mim acreditaram nele. Minha agente, Alba Milena, chegou a ler ao menos três esboços antes de acharmos a forma atual. Cada vez que eu recomeçava, a história ficava mais ousada, portanto, mais arriscada. Ainda assim, não recebi nada além de encorajamento. Obrigado por acreditar no livro e, principalmente, por acreditar em mim, depois de todos os atrasos.

Quando meu editor, Felipe Brandão, demonstrou interesse em nome da Editora Planeta, recebi uma dose de confiança inesperada. Obrigado por comprar minha ideia e dar a ela asas para alcançar a todos.

Eu sou uma pessoa que se distrai facilmente, então, para concluir o livro, tive que me afastar de internet, celulares, amigos e namorado. Obrigado, Vó Zelinda, por me receber em sua casa e por ser uma excelente companhia. E também por ainda não ter conexões de internet em sua casa, mesmo que todas as outras pessoas tenham.

Não sei dizer se meus pais sempre entendem meus planos obscuros de pagar as contas sem um trabalho de carteira assinada. O que posso dizer é que sempre posso contar com seu amor incondicional – e alguns empréstimos sem juros –, e agradeço por isso.

As pessoas para quem dediquei este livro merecem algumas palavras extras. Obrigado, Cesar, por ser uma amizade tão inspiradora. Se existe bondade neste livro, ela vem de você. Obrigado, Dani, por sempre me dar luz quando eu preciso e me mostrar que há mais no mundo do que conseguimos ver. E obrigado, Angelo, por me enxergar da maneira como enxerga. Quando me vejo refletido nos seus olhos, acredito que posso ir mais longe.

Agradeço também ao meu amigo Orlando Meirelis, que me ofereceu sua visão de leitor e de professor de Filosofia. Depois de suas anotações, tenho certeza de que o livro ficou muito mais claro.

Aos meus fãs, amigos e colegas que acompanham meu trabalho pelas redes sociais, além do meu livro anterior, obrigado por demonstrarem seu apoio e tornarem possível que um livro como este se torne uma aposta no mercado editorial. Continuem comigo, porque juntos somos mais fortes.

Este livro foi composto em Fairfield LH 45 e impresso
pela Intergraf para a Editora Planeta do Brasil
em julho de 2017.